完全彼女とステルス潜航する僕等

瀬川コウ

炭酸ジュースである。

一階の保健室付近に設置してある自動販売機で買ったものだろう。ブドウ味で、微炭酸。炭酸が抜けるとまずくなる、要するにファンタグレープだ。今時珍しいアルミ缶タイプである。

僕はそれから目を離すことができなかった。もっと言えば、ファンタグレープを飲もうとしない彼女、つばびばっ……つばきばばゆぶ……椿原結月《つばきはらゆづき》から目が離せなかった。

現在、お昼休み。皆は机を移動したり、自分自身が移動したりして思い思いに昼食を摂っている。そうなると自然にグループ分けがなされるのは学校の常だ。

そんな中、僕はこのクラスで一番大きなイケイケ男子グループ（の末端）に所属している。

この高校に入学して一か月、陰を薄くする努力をしていたらこうなった。

だから今もボケた話ばかりする吉岡を中心にした輪（の末端）にいる。こういう場所は意外に目立たない。それとなく話題に加わりながらボケもツッコミもしない、ドッジボールの時のセンターラインの端みたいな、非常に目立たないポジションである。ほんとあれ、当てられないんだよ。すごい。その代わり自分が最後に残ってもゲーム終了になっちゃうけど……。

そんなわけで僕はクラスでステルス潜航している。

ステルス潜航しながら、つばびっ……結月さんを観察していた。

結月さんは長髪を下の方で結び、その房を左肩に乗せている。おしとやかさが滲み出ている髪型だ。背筋をぴんと伸ばし、細い指でピンクの箸を器用に操り、トマトをつまんでいる。

彼女は学級委員メンバーと共に教室の左後ろの方で三人机をくっつけている。その彼女の右手付近に置いてあるファンタグレープ。

もう昼休みになってから三十分も経つのだけど、開封すらされていない。

——昨日もそうだった。

せっかく副委員長が買ってきたというのに、それに手を付けずに弁当を食べ終わると、鞄の中にこっそりいれてどこかに行ってしまう。

それが気になって彼女の観察がやめられない。うーむ。なんでだろう。食事後、炭酸ジュースを用いて何かをする……炭酸歯磨き？　何それ、綺麗になりそう。

「津弦《つづる》、どうした？　ぼうっとして。好きな人でも見てんのかぁ？」

吉岡が僕に話しかけたことで、このグループ十人以上の視線が僕に集結した。

瞬間、僕の血が下がっていくのを感じる。注目されるのは苦手なんです……。

「違う違う、寝不足なんだよ」

「そうなん？　あ、それでさ。懇親会やるんだけど津弦も来る？」

「懇親会？　何するの、それ」

入学して一か月で一体何の会をするつもりなんだろうか。仲良くする会なことは間違いないのだろうけど。

「そうそう。そろそろ皆学校にも馴染んできたころだろ？　だから駅前の方行って映画観たりファミレス行ったりクラス皆でしようかなって」

「もちろん、行く」

「だよな！　さすが津弦」

そして、僕の話題振りは終了したので視線が吉岡に戻っていく。それと共に緊張の糸が緩んだ。

懇親会か……、結月さんも行くんだろうか。

ちらりと視線を彼女の席に移すと既にそこは空席になっていた。彼女の鞄もない。

結月さんは学級委員長であり、いつも昼は副委員長と書記と共に食事をしている。今はその二人が、中心人物もいなくなり話題を振る事の出来ない気まずい雰囲気を醸し出しているのみだった。

「…………」

なんとなく、僕は彼女を追いかけようと思った。

「悪い、ちょっとトイレ」

「はいよー」

席を立ちながら、僕はどうしてこんなに彼女のことが気になるのか考えた。

好き——とか？

一瞬頭の中にそんな考えが思い浮かぶ。

いやいや、ありえない。僕は結月さんのような傲慢で一人よがりな人間は好きじゃない。むしろ嫌悪する対象になったりする。

椿原結月は傲慢だ。

僕はそう思うきっかけとなった、ついこの間の学級委員決めの場面を思い出した。


「へぇ、西中なんだ。すげぇ遠いじゃん！　俺は矢代中だからすぐだよ。ここに来てるやつ、矢代が一番多いんじゃね？」

そう言って僕の隣の席の吉岡が体ごと後ろを向いて教室を見渡した。運悪く僕は教卓の目の前の席、つまり最前席中央になってしまったので、隣の彼も同じような境遇である。

彼とはさっきの入学式中に友達になった。話した感じで分かるけど、こいつはヤバい。絶対クラスの中心人物だ。コミュ力半端ないし。そんな人と友達になれて僕の高校生活はとりあえず安全なのだろう。……ただ、下手に目立つようなことにならなければいいけども。

「ほら、そこ静かにしろ」

担任となった木島先生の注意が入る。それと共にばばっと集まる視線。瞬間、鳥肌が立つ。しかしそれも一瞬のことで、すぐに散り散りになった。さっそく予想が的中したな。幸先悪い。

「それじゃ、さっきも言った通り、今から委員会決めをする。今日はこれ決めたら帰れるからな、すぐ決めろよー」

なんともやる気のない教員である。二十代後半の女性、青い色気のないジャージに身を包んでいる。がっつり体育やるんだろうな、と思ったら数学教師とか、何そのフェイク。ギャップ萌え狙いだろうか。

ジャージはガード率が低いし僕の席は教卓に近いし、もしかしたら授業中に黒板を見ていたら、ふと先生の胸元が見えちゃったりするかもしれない。

……ふむ、困った。

先生を視界から外して黒板見るなんてできないし。たまたま見えるなんていうのは自然の摂理、運命の選択なのだから僕にはどうにもできない。いやはや、実に嘆かわしい。はしたない下心なんて微塵もないのに、勘違いされたらどうしよう。この席困っちゃうよな……。

彼女は面倒くさそうに首を掻く。ちらりと、その細い首筋が垣間見えた。

うん。いいね！　鎖骨も、いいね！　この席最高だよ！

僕は先生のような種類の人が好きである。面倒くさいことを面倒くさそうにこなす、自分の気持ちを正直にそのまま放出している人。信用しやすい分かりやすい、その延長で、安心できるのだろう。もちろんのこと、首筋とか鎖骨は全然関係ない。

自分の気持ちに素直、それって大事。

「じゃあ、学級委員長になりたい人」

ぴりっと教室の空気が静止した。

それは沈黙俯き合戦開始の合図でもある。委員会決めで最初にして最大の障害、委員長決めである。面倒くさいし誰もやりたがらない、自己紹介で僕が自然に飛ばされるのと同じくらい常識だ。……泣いていいですか？

「…………………ぐっ」

なんてことを考えていると。うん、何かこう、ばっちりと、ばちばちと、ロックオンされた。

ここでもう一度言おう。自分の気持ちに素直、それって大事。

だからどんなに美人教師のかったるそうな視線と僕のえろい視線とが至近距離で運命的出会いを果たした末に逸らせなくなって額から冷や汗が止まらず机の上に水溜まりが形成されようが、別に僕は委員長をやりたくないのだから立候補する必要はない。断じてない。

僕と木島先生の視線が会話する。

（日陰井、お前委員長やれよ）

（あはは、いやですね先生、そんな冗談おもしろくな・い・ゾ☆）

（ン？　良く聞こえなかったなァ。委員長になるっていうのはいいことばかりだぞ。内申もぐんと上がるし、人気者にもなれる。お前は人前に立つ顔をしているしきっとモテるぞ。あと、アレ。アタシすぐに帰れる）

（あれ？　おっかしいなぁ……最後に本音が出てたような）

（あン!?　何か文句でも？）

ひいぃ！　怖ぇ！　黒目と白目の比率が1対9だったよ今！　こんなことが許されるわけない。権威主義反対！　この教室に自由を取り戻せ！

僕は絶対に譲らない。個人の思想というのは大事にされるべきものだからだ。この命に代えても、この教室の自由は僕が守り抜いて見せる。

ここでより鋭い眼光が僕を貫いた。

（委員長、やってくれるよなァ？）

（……了解しました！）

かくしてこの教室から自由は剥奪された。それでも皆、覚えていてほしい。ここに一つ、理想を胸に抱いて生きた、気高き男がいたことを。

僕の右腕は、木島先生の視線につり上げられるように上昇し始めた。

……沈まれ僕の右腕！　僕は必死に左腕で右腕を押さえつける。

やっぱりだめだ。委員長ってことは皆の前に立つってことじゃないか。皆の視線にさらされるのが、フグの毒並に苦手なんです。何それ死ぬ。委員長はダメ、ゼッタイ。

（ほう？　貴様なかなかいい度胸だな。アタシがこれから一年間たっぷり愛してやろう）

（う、うわぁい。人生で初めて告白されたよー。やったー）

（その棒読みが気に入った。一生愛してやろうか？　ン？）

あぁ、この顔、極道映画で見たことあるな……。あれを見たのは確か、小学校2年の頃だ。あの頃は楽しかったな。家族で遊園地に行ったたっけ。

あはは！　メリーゴーラウンド楽しいな！　何これ走馬灯？

僕は死ぬのかな。もう十分生きたものね。

そしてするすると左腕の力が抜け、右腕が解放された。

マズい——。

そう思った瞬間、

「はい。私が立候補します」

先生はまるで、鳩がみぞおちにゼロ距離で豆鉄砲をくらったような顔をしていた。

僕の視線も、自然と後方へと向けられる。

頭を垂れていたクラスメイト達も皆、先生の視線の先——椿原結月を見ていた。

僕は彼女を知っていた。いや、僕だけじゃなくクラス全員が知っていただろう。なにせ先ほどの入学式で、新入生の代表を務めていたんだから。つまり、入試での成績トップ者である。その肌の蒼白さ、きめの細やかさ、肩に乗った漆黒の髪、それを結う赤色のシンプルなヘアゴム、それと対をなすような赤フレームの眼鏡。細く鋭利な眉、小さな鼻に小さな桜色の唇、その全てが僕らの上位の存在であることをうかがわせた。

原稿を読んでいた時は遠くてはっきり見えなかったけど、こうやって近くで見ると圧倒される。

その彼女が、手をあげ、席を立っている。なるほど、彼女なら適任だ。

「お、おう。つばび……椿原か。委員長になりたいのか？」

「はい、そうです。私だと何か問題がありますか？」

「いや、とんでもない。問題なぞ、あるわけがない、よ」

椿原結月の真っ直ぐな視線を顔面直撃してしまった木島先生は物腰が柔らかくなった。これは先生の屈服と受け取れる。

「それでは、私が委員長でよろしいでしょうか」

「あ、ああ。もちろん、だよ」

その時、僕にとって彼女は女神そのものであった。自宅栽培しているもやしを献上してもいいレベルだった。もやしっていいよ。暗所でしか育たないってところが愛らしい。

僕の手は自然と鳴っていた。それを皮切りとしてぱらぱらと拍手が鳴り始め、すぐに承諾の嵐となる。感動の嵐。繋がるような一体感。正直、皆押し付けたいだけである。

彼女は拍手に眉をぴくりとも反応させず、教卓へと移動を始める。隣を通った時に、彼女に似合う爽やかな香りがした。

「それでは、続きの委員決めは私が行います。先生、何か用事があるのであれば仕事に戻っていただいて結構です。後でこの用紙に委員を書き込んで先生の机の上に置いておきますので」

「そ、そうか。なら、頼んだよ」

そうしてすごすごと木島先生は教卓から降り、若干気まずそうに教室のドアを開けて退場していった。

「…………」

おっしゃああ！　横暴教師から自由を勝ち取ったぞ！　僕、涙が出ちゃう。

結月さんは眼鏡をくいっと動かす眼鏡キャラの特権的動作を行う。

そして小さく息を吸って——間を溜めた。

どんな言葉が飛び出すのだろう。やはり自由の賞賛だろうか。それとも僕への労いだろうか。胸が高鳴る。

そして彼女は、期待の視線を集める中、言葉を発した。

「それじゃあ、副委員長と書記の、学級委員メンバーは私が決めるわね」

「……ん？」

あれ？　立候補は？

「副委員長は、そうね。そこの男、和久忠《わくただし》よ」

「え？　オレ？」

そう言いながら自分を指さす男。学ランを椅子に掛け、ワイシャツの袖をまくっている。ついでに首元からはオレンジのTシャツが見えていた。見るからに熱血バカっぽい。

こいつどこかで……。

「そう、あなたよ。和久くんは街でちょっとした有名人よね。よく人助けをしているとかで」

「はあ」

そうだ。ニュースで見たことある。確かひったくり犯を捕まえたとかで警察に感謝状を渡されていたっけ。しかも、これで8件目だそうだ。むしろよくそんなに事件に遭うな。蝶ネクタイ小学生かよ。

和久忠は両手をポケットに突っ込んで気だるそうにしていた。

「でも、委員長。学級委員ってのは放課後残ったりするんだろ？　オレは放課後ほとんどバイト入ってて早く帰らなきゃいけな――」

「じゃあ次は書記を決めるわね」

……あれ？

いやいや、確かに分かる。あの見るからに物語の主人公っぽいやつを相手にするのは面倒くさいっていう気持ちも。だけど無視は、ねえ？

でも、この教室に民主主義を取り戻した彼女がそんなことをするわけもないか。

だとするならば、答えは一つしかない。

時差。

なーんだ、時差か！　それならしょうがないよ。時差なんだから。何言ってんだ僕。

たまらず和久はもう一度彼女に問いかける。

「あの、だから委員長、」

「いいのよ、バイト優先しても。その分は私が埋め合わせするわ」

「え、あ、うん……あまり放課後残れなくてもいいなら、オレ、副委員長でもいいけど」

「そう」

彼女は和久忠の反応を気にする様子もなく、次は書記の指名を始めた。

「書記は、小無子百合《こなしこゆり》、あなたにお願いするわ」

「…………」


返事がない。ただの屍ではないと思うので椿原結月さんの視線の先を見る。

そこには、つい全身全霊をかけて守り抜いてしまいたくなる小学生がいた。そりゃあもう二十四時間体制で追跡して手を差し伸べたくなるような、いや待てこれじゃ犯罪者だ。法廷に行くまでもなく社会的に死刑だ。

もちろん小学生というのはその小柄を表現した比喩である。

前髪がぱっつんで、その下には特徴的な大きく丸い瞳が存在し、とろんとした穏やかな表情を作っている。しばらく見つめても変わらないあたりから、これがノーマルの表情なのだと想像できる。そんな、足が床についていない少女――小無子百合は、やがて小さく頷いた。

それが、承諾の合図のようだ。

「はい。学級委員は決まったわね」

今回も相手の承諾などは気にもしない様子で、まるで自分が決めたものは最善であると運命づけられているような、そんな自信が感じられた。

それで、えっと、一体どういうことになるのだろう。

逡巡し、結論を下す。どうやら確実に言えることは、この教室には自由が存在しないということだった。


その後、吉岡から聞いた話によれば、椿原結月は数少ない一中出身者であるらしい。

「津弦、知らなかったの？　ああそっか、西中じゃ遠くて噂もまわんねーかもな」

「そんな有名人なの？　あの、坪原さん」

「椿原な。そりゃあ武勇伝が数えきれない程あるぞ」

「例えば？」

この後、彼が神妙そうな顔をして語り始めた。ピックアップすると、
空手が三段。カツアゲされた時に睨んだら不良が財布を置いて逃げた。初の満点合格者。小学校の時に数Ⅲまで仕上げてい

た。母親がアメリカ人で英語がペラペラ。人望が厚く多方面に顔が利くために要注意人物として国にマークされている。大学のミスコンを見に行ったらその場でエントリーされて優勝した。街を歩くたびに芸能界にスカウトされそうになるが誘いを全て断っている……などなど。

どれもが首をかしげたくなるというか、それを通り越してげんなりさせられる伝説なのだが、それでも即座に完全否定はしにくい。

こんな非常識な噂がここまで出回るのは、彼女の俗世離れした容姿や性格があるからだろう。火の無い所に煙は立たないとも言うし。

彼女は、完璧で全能なんだ。

容姿端麗、頭脳明晰、運動神経抜群。

彼女を非難した人は無条件に悪に仕立て上げられてしまうような、本の中から飛び出してきたみたいな、彼女はそんな完全な存在である。

傲慢な態度も、自分が完璧だからできる行いだ。

完璧。自信。正義。……傲慢。

そんな言葉が僕の頭で連想されて、そして僕は破壊衝動にも似た激しい感情に一瞬取りつかれる。

僕は知っている、この感情の正体を。

これは――。

やめよう。この追及は破滅だ。シンプルにいこう。

要するに、僕は、彼女のことをなぜかどうして気に入らないのであった。

というのが一か月程前の話。

そんな回想を頭の中で上映しながら、僕は教室から炭酸ジュースと共に消えた彼女の姿を探す。

教室から出て右を見ると、階段の方向へ消える結月さんがちらりと見えた。僕は少し周りを確認して誰も自分を見ていないことを認めてから彼女を追いかけた。

完璧な彼女が、炭酸を飲まない。そしてその炭酸を持ってどこかに消えた。

これは、完璧な彼女の弱みになるんじゃないか？　そんな考えが僕の心にはある。

僕は階段を下り、特別教室棟のある西棟へと消えていく彼女を確認する。西棟は化学室、物理室、家庭科室、被服室などの特別教室があり、普段は誰も立ち入ることはない。今この高校は部活が盛んではないが、昔はそれなりに多数の部活が存在し活動していたらしい。そのなごりで昔は部室だった空き教室がたくさん存在する。

ここへ一体何の用なのだろうか。彼女はスクールバックを右手で持ち、自分は何も変なことはしていませんよ、という様子で堂々と凛々しく完全に歩いていく。

西棟に着くと彼女は階段を上り始める。予想通り、西棟は東棟に比べてしん、としていて人気がない。そんな中で、彼女の足音は棟全てに響き渡っていた。

僕は持前の影の薄さとステルス潜航を生かして彼女の後を付ける。いざ振り返られても一瞬で隠れられるように配慮しながら、だ。僕の前世は絶対に忍者だったと思う。外国人の友達が出来たら自慢しよう。こんなに陰が薄くできるんだよ！　やったね！　……やったね。

結月さんは二階へ辿り着くと、それ以上階段を上ることはなく、廊下を歩き始めた。

どこに行くのだろう。昼休みは残り十五分。何か事をなすには十分に時間はある。

何か――。

こうは考えられないだろうか。

彼女は小テストで満点を取っても先生に褒められても顔色一つ変えない。おごらないのだ。

だからこそ、炭酸ジュースを振って振って振りまくった末に開封。プッシャアア！　うおおぉ！　ファンタグレープ浴び！

皆の前では澄ました顔をしているが、本当は自分を褒め称えたくて仕方ない。そのフラストレーションを解消する行動が炭酸浴びなのだ。

その可能性は万が一にも、ない。

何それ、馬鹿なんじゃないですか？　誰だよこんなこと考えたやつ。まったく。

彼女は水道の前で立ちどまり、鞄をふちに置いた。そして一息ついてからチャックを開け、中からファンタグレープを取り出した。そしてそのパッケージを眺めて小さくため息をつく。

僕は階段側から彼女を観察しているので、右斜め後ろから見ていることになる。彼女は水道に向かっているので見つかる危険性は低い。

カシュッ、という炭酸缶特有の音がして封が開けられる。

一体何が起こるのだろう。期待と共に僕の喉は自然と鳴った。

彼女はゆっくりとそれを口に近づけ、くいっと一口含む。

「……あ」

ぎゅっと眉をひそめ、辛そうな顔をしている。

その表情は初めて見るもので、驚きのあまり僕の喉からは絞り出された母音が放出された。

「からっ……」

そして彼女はそれを飲み込んで一言発する。

何？　今、からいって言ったのか？

彼女はもう一口含んで再び渋い表情をし、顎を引きながら目を瞑って大袈裟に飲み込む。なんですか、中身は漢方か何かですか。

それから彼女はその作業を繰り返した。たまに「うぅ……」とか「べたべた……」とか言いながらも少しずつ缶の中身を消費していく。すごくどうでもいい話だけど、何かちょっとえろいこと考えましたすいません。で。要するに、だ。

彼女は炭酸ジュースが苦手。しかし毎回和久忠が買いに行くのを止めることも、買ってきたものを拒否することもできず、だからと言ってせっかく買ってきてもらった炭酸ジュースを捨てる訳にもいかず……こうやって誰もいない西棟で飲んでいるのだろう。

そんな結論を下した。筋は通っていると思う。

炭酸が苦手。

それは僕が望んでいた展開であった。完璧な彼女の弱み。それを感じたから僕はこうやってつけてきたわけで。

だけど、炭酸苦手って……、絶対ない。

炭酸が飲めない類の人間は、ドジッ子で甘えん坊の、いわば僕の妹みたいな人種じゃないだろうか。もちろん空想上の妹だけど。一人っ子のつらいところだよ、これ。

結月さんは『普通』とか『一般的』なんて言葉とは隔絶されている雰囲気をまとっている。それはもう常人に彼女の心中を察することが不可能だと思わせるほどに。……ああ、そうだ。それこそ、普通ではない炭酸浴びの方が想像しやすいほどに。

……理由を本人に確認するのはありだろうか。

そうすれば全ての謎が解ける。むしろ、もう本人に確認する以外の方法が存在しない。

僕は咄嗟の決意で物陰から飛び出す。なおも気付かない彼女に後ろから声をかけた。

「っ！」

彼女は体をびくっと反応させ、両手で大事そうに持っていた炭酸を落としそうになってわたわたした後、こちらに振り向いた。

そしてすぐに表情をいつもの気張ったものに付け替え、

「あら、こんなところで何をしているの？」

それはこっちのセリフなんだけどな……。

「僕は校内探検だよ。まだこの高校よく分からないから。結月さんは？」

「……私もそうよ。校内の教室の場所は全て把握しておかなくちゃいけないと思って」

「え？」

「どうかしたかしら」

「えっと、その、ファンタを飲みながら?」

　僕が指摘すると、彼女はファンタと僕の間を視線で二往復し、

「いえ、それはたまたまここで飲んでいただけよ。この場所が好きなの」

「……………ふむ」

　苦しんで飲んでいたのはなんでかな。ここでの思い出は酸味が強い初恋なのかな。

　とにかく深く突っ込まない方がいいみたいだった。

「あなた、同じクラスよね」

「そうだよ」

　僕を認知しているのか。さすがは学級委員長だ。

「僕は日陰井津弦。よろしく」

「日陰井津弦くん、ね……」

「ん?　どうかした?」

「いや、名前と顔が今一致したわ」

「……」

　案外皆と同じ認識だった。上げてから落とされたせいで満身創痍だよ……。

「それで」

　と、結月さんは僕の様子など気にもしない様子で口を開く。

「私は、つばきばばっ……椿原結月よ」

「自分の名前で噛んじゃうのか……」

「わざとよ。ユーモアは人とのコミュニケーションを円滑にする上で必要不可欠なの」

「へ、へえ」

意外にお茶目なところもあるんだな、と思ったけど、それさえも計算されつくした行動の一つなのだった。それにしても彼女は人とのコミュニケーションを円滑にしようとか考えているんだな。傲慢な態度からはそれは読みとりづらかったけど。

……一応可能性の一つとして、彼女が普通に噛んで、その照れ隠しをしたということも考えられるのか。

「そんなことより、日陰井くんと言ったら、提出プリントは真先に出してくれて、教室の花瓶の水替え、教室掃除当番の行き届いていない窓サッシや黒板消しクリーナーの掃除とかをしてくれている人よね」

「うわ、すごいピンポイントに陰薄そうなとこ突いてきた」

「私の中ではそういう認識なのよ」

「うん……実際間違ってないけどね」

僕は生活委員だからこういう地味な仕事をやっている。我ながら似合っていると思っちゃうのが、なんだか卑屈だな。

「僕は地味なのが好きだから。性に合ってる」

「そう？　結構人前に出るのに慣れてそうな顔してるけど」

内面は外面に出てくると言うけど、あながちそれも的外れではないのかもしれない。とは言っても僕の場合は、人前に出るのに慣れている、というのとは少し違うのだが。

「………そういえばさ、結月さんってどうして学級委員長に立候補したの？」

僕はずっと気になっていた質問を投げかけてみた。

「私が人前に立つのに相応しいと思ったからよ」

即答。

「相応しいって？」

「当然ってことじゃないかしら」

「結月さんが学級委員長をやるのが当然？　それは成績が一番だとか、すごいことをしているから？」

「……すごいこと？」

彼女は純粋に疑問をもったようだった。

「私が別にすごいことなんてしていないわよ。普通のことをしているだけ」

そういう彼女の表情は、やっぱり真剣そのもので、僕はちょっと苦笑いが滲み出た。

「普通なんてことはないでしょ。入試で一位だし、それのどこが普通なの？」

僕の質問に彼女は一瞬、微かにきょとんとした顔をした。どうしてそんな当たり前のことを聞くのか。そう言いたげであった。

「……目の前のやらなくてはいけないことをやっていただけよ」

結月さんは僕の目を真っ直ぐ見て言う。

その表情は不気味なほど絶対なる自信に満ち溢れていた。

「学級委員を勝手に指名したのはなんで？」

僕は彼女の傲慢な態度がやはり気に食わないのだと思う。自分の絶対を他人に押し付けているだけのように見えたから。

確かに結月さんは見た目も頭も運動神経も良い。でも、だからって他の人をないがしろにしてもいいということにはならない。

「私が学級委員を指名にしたのは、立候補を募っても誰も出ないと思ったからよ。それだったら私が指名した方がふさわしい人選もできるし、早く決まる」

「でもそれって傲慢じゃない？」

「そんなことないわ。私はただ正しい選択をしただけよ」

それを一人でしてしまうのが傲慢って言うんだと思うけど。

「どうしたの？　もしかして日陰井くん、副委員長になりたかった？」

「いや、そうじゃないよ」

「それなら、いいじゃないの」

「…………」

結局『他に誰も立候補者が出ない』と結月さんが思っただけで、実際は分からないのだ。独断。

そうやって一人よがりをしていると、いつか痛い目を見る。自分の選択が必ず正しいとは限らないのだから。

それが分かっていない彼女は、やはり完璧じゃないのだと思った。

そうなると、炭酸はただ単に苦手で、名前を噛んだのだってただのうっかりなのだと、頷けないこともなかった。

個での完璧は不足で、自信は過信で、正義は偽善だと偉い人が言っていたけど、その通りなのだ。所詮、一人の人間にできることなんて限られている。本当に完璧な存在なんて、いないのだ。

それを目指すことはただの愚かな行いなのだろう。

そう、僕は思うだけで言わなかった。

「その炭酸、飲まないの？」

「え？　あ、ええ。あなたが話しかけてきたから途中でやめていただけよ」

「そっか。邪魔しちゃったみたいだね。それじゃ、僕はこれで。また教室でね」

僕は早足にその場を立ち去る。階段を下りながら、ふと振り返り、
そして完璧ではない彼女の横顔を観察し、
それでも凛々しいたたずまいの彼女に、僕が到底成り得なかった『完全』の期待を背負わせてしまうのだった。


「昨日も放課後残れなくてすまなかったな」

昼食が始まってすぐに副委員長の和久が口を開いた。

案外耳を澄ませると会話が聞こえるものだな。それは僕が会話に入っていないからこそなのだろうけど。

結月さんは鞄から弁当を取り出しながら答える。

「いえ、最初からそういう話だったし気にしなくていいわよ」

「とは言っても副委員長だしな、何か手伝えればいいんだけど」

「いいのよ、本当に」

fanta
GRAPE

「じゃあお詫びに今日も飲み物買ってくるよ」

ぴくり、と弁当箱を包む布を解く手を止める彼女。

「私が、」

そう口を挟んだのが小無。あの人、喋れたんだ……。いつも無口だから喋らない誓いでも立てているのかと思ったよ……。

「いやいやいいって、いつものことだし。行ってくるよ」

彼はそう言って財布を片手に教室を出て行ってしまった。

「ごめん、ちょっとトイレ」

「またかよ津弦、トイレ我慢できないとか歳かー?」

吉岡の言葉で場が少し湧く。

「最近トイレ近いからやばいかも」

半笑いで答えながら片手を軽く上げて僕はその場から立ち去った。廊下に出ると和久が両手をポケットに突っ込みながら階段を下りて行くのがちらりと見える。

そういうことだったのか。

そういえばずっと飲み物は小無が買いに行っていた気がする。その時は……何かは忘れたが炭酸ではなかったはずだ。炭酸問題が起きたのは、彼がジュースを買いに行くようになってからだ。

僕は慌てて彼を追いかけて階段を下りた。

——なんで僕はこんなことをしているのだろう。

これは結月さんがどうこうじゃなくて、二人に喜んでもらおうと思って買いに行っているのに苦手なものを買ってきてしまう和久のことを不憫に思ったから……なんだろうか。正直よく分からないからそういうことで。

こういうちぐはぐな擦れ違いってもったいないな、と思うのは確かだし。善意が百%伝わって、そこに損失がないならば、世界はもっと平和になるのに、なんてことを考えながら僕が階段を下り切ると、その先で自販機に小銭を投入している和久がいた。

「和久っ！」

「ん？」

思った以上に大きな声が出た。

「あれ？　お前……どっかで見たことあるな」

「そりゃあ同じクラスだから！」

「え？　マジ？　それは何か……すまん」

「いや、なんかもう慣れてるからいいけどさ」

和久と話すのは初めてである。

和久忠、という名前を聞いてこの学校の誰もが一番最初に思い浮かべるのは『なんでも相談室』だろう。

『なんでも相談室』というのは文字通り、彼が一学年学級委員室で生徒の悩みを聞き、解決するというものだ。頼まれたら断れない性質《たち》らしく、いつの間にかシステム化していた。彼が放課後学校に残る時はこれで長蛇の列ができている。ちなみに一回五十円。金取るのかよ。

和久は、授業中は爆睡、放課後はバイトに行くか、この『なんでも相談室』をやっているので同級生と絡む時間がない。よって友達が多くない、というか学級委員以外の人と一緒にいるのを見たことがない。しかし、そこに悲愴めいた感じはなく、逆に、彼の伸び伸びとしたイメージを助けているようにさえ感じる。

彼のことを、僕は自分の中で「主人公」と呼んでいる。我ながら当を得たネーミングだと思う。正義感に溢れ、悪意に鈍く、不安を受け付けない孤高な彼は、主人公という概念を形にしたような人だ。

僕は取り敢えず名乗る。

「僕は日陰井津弦だよ」

「……津弦か。覚えた。それで何か用か？」

そう言いながら彼はファンタグレープのボタンを押そうとする。

「ストップ！」

ぎりぎりのところで彼の腕を掴んで阻止することに成功した。

「なんだよ」

「いや、あのさ、その……ファンタグレープって人気だよねー」

「そうなのか?」

全然そんなことないっす、すいません。

「そうなんだよ。もしかしたらそれが最後の一本かもしれない。あー、僕、ファンタグレープ飲みたいなあ……」

ちらり、ちらり、と彼に視線を投げかける。

「そうは言ってもオレが先に並んでたんだから譲れないな」

「………」

譲れよ……、どんだけファンタグレープにこだわりがあるんだよ。

「そもそもこのファンタグレープは委員長のために買うもんだし、オレのために買うのだったら全然譲ってやるんだけどな、すまん」

そして再び彼はファンタグレープのボタンを押そうとする。

「ふんぬ!」

僕はその指を真剣白刃取りした。真剣でも白刃でもないところがみそだ。

「だから……オレが先に並んだんだって……!」

すっ、と伸びてくる左手をはたく。しかし、その代わりに再び彼の右腕が自由になってしまった。

「くっ……!」

案の定伸びてきた右手を手首で弾く。

「それならッ」

繰り出される連撃。僕はそれを刹那の判断で全て手首で弾き飛ばす。

骨と骨がぶつかるような乾いた音がこのバトルの激しさを物語っていた。

突きというのは非常に直線的で、僕の動体視力を持っても位置の感覚にズレが生じる。だから掴んだりするよりも弾くほうが有効なのだ。

「はぁッ」

「まだまだだァ！」

徐々に連撃スピードが上昇していく。

タタタタタタッ——！

少し大きく振りかぶられた右腕。力が乗っていることが視覚情報だけで伝わってくる。僕はそれを弾ききることができるように腕を構えた。

飛んで来る右腕、止めるために半弧を描く僕の左腕。

しかし、

「何っ⁉」

ぴたりと目の前で止まった。そして、気付いた頃には僕の顔の横を通過した和久の左腕がボタンを押していた。

にやりと不敵に笑う和久。

完全なる僕の敗北であった。

「……あっ」

何かに気付いたようで和久が声を上げる。

「ん？」

ガシャコンと音を立てて出てきたのは、『おーい、お茶』であった。

そう、彼は僕との勝負に白熱し過ぎて隣のボタンを押していたのだ。

「…………やべ、お茶なんか誰も飲まねえよ」

「あぁ……えっと、こ、このドジっ子めー」

「…………」

僕の精一杯のフォローごときでは彼の心は動かないこと山の如し。

ここで一つの策が思い浮かぶ。

「あのさ、毎日同じものを買うと飽きると思うんだ」

「ん？」

これだ、いける。

「さすがの結月さんも毎回ファンタグレープっていうのはさすがに飽きる。だからたまには違う飲み物にしたっていいんじゃない？　お茶とかさ。ほら、向こうも買ってもらっている立場だし、変にリクエストとか出しにくいと思うんだよね。そういうとこに気付いてあげなきゃ」

彼は目を細め、視線を右に移して思考する。

「…………」

「…………」

「…………………………なるほど。お前、頭良いな」

あれ？　なんで無言なんだろう。何かマズイこと言ったかな。無言の圧力って怖いよね、女子の言う『は？』の次に怖い。

いや、理解に時間かかり過ぎ。時差かよ。

「うん、確かに、この発想は頭良いね」

「自分で言うんだな」

「今は自分をちょっと褒めたい気分なんだ！」

「変なやつだな、お前」

そう言う彼の表情に嫌味はない。

僕らは、熱い勝負を交わしたのだ。それに伴う友情が芽生えていた。心と心で繋がる、そう、拳を交えあった者でしか分からない意思伝達。もう親友と言っても過言ではない。

「いい事に気付かせてもらったお礼だ、何か一本奢ってやるよ」

ジュースを奢ってくれる……だと……。

やはり持つべきものは友達だな、としみじみ思う。和久忠、熱血バカとか思ってごめん。実は今も結構思っていたりしてごめん。でも、君みたいな最高な友達が持てて僕は幸せだよ！　これほんと。僕から和久に何かを奢るなんてことは絶対ないけど、本当ありがとう！

どれにしよっかな、炭酸苦手だからミルクティとかがいいかな。そうだね、今そんな気分だし。

「あ、そういえば津弦、ファンタグレープ好きって言ってたよな！」

「あ、えっ」

ガシャコン。

取り敢えず、拳を交えても特にいい事はないと、ここで明言しておく。反省。


その後、僕と和久は一緒に教室に戻り、それぞれの席に戻った。『おーい、お茶』を和久から受け取る彼女は心なしか表情を緩めたように見えた。

僕はそれを確認して、ようやくカレーパンにありつくことができたのだった。

「懇親会どれくらい集まりそう？　ちゃんと女子にも声かけてくれた？」

吉岡が、取り巻きの一人に声を掛けている。

声を掛けられた一人は、食事を中断して応答する。

「かけたよ、本当恥ずかしかったわー」

「来るって？」

「んー、まぁ半分以上は来るって感じだったね」

「女子少ないんじゃ行く意味ねー！」

吉岡が大袈裟にリアクションを取る。どっと笑いが起き、「下心あり過ぎ」などの言葉が飛び交う。

そんなこんなでいつもの感じだ。

僕はもう一度カレーパンにかぶりつく。

と、その瞬間。悪寒が走った。

何か、背後から視線を感じたような……。

「……?」

振り返ると、学級委員メンバー。視線を横に移しても、誰とも目が合わない。

僕がちらちらと周りを気にしていると、その様子が目の端にうつったのか、一人の女子が僕をちらりと見る。

今この瞬間に目が合ったからおそらく彼女が視線の犯人なわけじゃないだろう。

教室の窓際で一人、僕と同じように購買のパンをはんでいる彼女——一色色葉《いっしきいろは》は僕よりは名は知られている人物であると思う。

ぼっちって、皆、話題には上げないけど名前は知ってるって位置になるよね。言いにくいことをはっきり言うと、彼女はぼっちなのであった。

一色さんは癖なのか、いつもその長髪をくるくるといじっている。表情は無表情だ。むしろ一人でにやにやしてたら気持ち悪いから当たり前か。しかしその無表情は結月さんとは違って単に顔の力が抜けていて、他にする表情がないから取り敢えず無表情になっているだけ、という印象を受ける。きっと本来の表情変化は豊富なのだろう。

現に今、僕と目が合ってすごく嫌な顔をして睨んでいるわけだし! なんだろう、不動明王のマネかな!

僕は咄嗟に視線を外して食事を再開した。さっきの視線は……気のせいか。

大体視線を感じるとか、人のいる気配がするという類のものは、幽霊が存在するというのと同じくらいに気のせいなのだと思う。

だから背後からの視線なんてものは、いわば心霊写真に写りこんじゃった怨念みたいなものなのだろう。いやそれじゃ本物の心霊写真。

そして僕は視線のことを忘却し、すると今度は結月さんのことが頭を巡った。

ふう。……なんだかカレーの辛さが舌の上を滑る。

結月さん、ね。

とりあえず一安心かな。

……一安心？

どうしてそんな風に思うのだろうか。

ぐんぐんと自分の深層心理の深みを探検していると、彼女のセリフを発見した。よっこいしょと引き上げてみる。

『この高校で一位を取ろうがなんだろうが、それが普通なのよ』

彼女によると、学年一位が普通らしい。

まぁ、そういうこともあるのかもしれない。

じゃあ、炭酸が苦手なのを皆に隠してることは？　普通なの？

………うん、そういうことも、あるのかな。……いや、ないよ。

僕は彼女の凛々しい横顔が頭から離れなかった。


何度も言うが、僕の席は中央の最前席だ。だから授業中に結月さんを観察することはもちろん出来ない。それでも午後の授業中、ずっと気になって仕方がなかった。

「おーい、津弦。今日皆でカラオケ行くんだけど、行くか？」

吉岡と一緒にいる二人も「行こうぜ」と目で言っている。

今は放課後になったばかり。僕は授業が終わって、なんともなしにぼうっとしていた。

「ごめん、今日は行けないや」

「おいおい、前回のやつも来なかったじゃん」

吉岡の取り巻きの中でも群を抜いて目立つ安田が拗ねたように言う。

ごめんよ安田。そうやって言ってくれるのは嬉しいんだけど、

「前回のやつ、ちゃんと僕行ったから！」

「あれ？　そうだっけか？」

「行きましたよ！　行ったとも」

「あー、うん。そういえばそうだったかも。ごめん」

安田が申し訳なさそうに言う。

「また誘ってねー」

「おう、じゃあな、津弦」

口々に皆が別れの言葉を発しながら教室を後にした。そして僕はぽつんと取り残される。

「さて」

僕は後方をちらりと確認すると、結月さんは小無と短く会話した後、鞄を手に立ち上がった。どうやら今日の学級委員の仕事は小無担当のものらしい。

この学校の学級委員は少し特殊であり、その学年の学級委員長の中から一人学年代表を決めて、その人が生徒会メンバー入りする。そして、我ら一学年の代表は結月さんである。だから彼女は学級委員長でもあり、生徒会役員でもあるのだ。

そして時期もあって両方の仕事で今は忙しいらしい。だから毎日仕事がある。和久はほとんどバイトでいないから実質結月さんと小無で回していることになるだろう、ううむ。大変そう。

結月さんが教室を出て行ったことを確認し、軽く十秒数えてから僕も席を立った。


僕はただいま帰宅中だ。

我が家は学校から徒歩十五分程の場所にある。安アパートで一人暮らしだ。家事が地味に面倒くさくなってきた。特に晩飯とか。夜になって冷蔵庫を開けたら防腐剤しかないなんてことは良くある。だからあまりの空腹にネットで防腐剤の調理方法について調べたりもするのだが、現在そのような画期的料理は開発されていないらしい。よかった。

晩飯は死活問題だったりする。

結局、近くのコンビニでおかずを買ったりして、あとはベランダで育てている人参やら大根を収穫して食べたりする。

しかし如何せんそんなに多く家庭菜園しているわけじゃない。コンビニで野菜を扱っていたりもするけど、スーパーで買った方が安い。

だから今こうやって普段の帰路よりも遠回りしているのはスーパーに寄るためであって、決して十メートル先を歩いている結月さんをつけているわけではない。たまたま同じ道にいるんだから。いやー、実に仕方ない。木島先生の鎖骨をちら見しちゃうくらいに仕方ない。

……さて、どうして僕がここにいるのか大体分かってきたところで、もう少し距離を縮めたい。

僕らが通っている高校は割と駅に近く、こうやって歩けばすぐに駅前のアーケード街に来られる。平日の夕方ともあって、アーケード街は主婦で賑わっている。なんだか僕も主婦気分を味わえるな。今日の晩飯何にしようか。じゃがいもが安いから蒸かしいもかな。それとも揚げポテトかな。

材料単品でしか調理できないスキルってやばいと思いながら前方を確認すると、丁度彼女がゲームセンターに入ったところだった。

ゲームセンターに入ったところだった。

ゲーム……センターに……？　結月さんが？

想像できない。いや、想像云々というか、もう既に入っちゃってるんだけど。

慌てて追いかける。

店内に入ると、音ゲーのシャカシャカした音が店内に響いていた。右にはクレーンゲームが多く並び、その奥にはプリクラ。左にはボードや音ゲー群が設置されている。

僕も吉岡達とたまに来る。僕はこういう場所が苦手だから大体途中でトイレに逃げ込むんだけど、戻ると皆いなくなってるんだ！　なんなのあのドッキリ。ちゃんとネタばらししないとドッキリにならないよ？

結月さんはクレーンゲームにぴったりと張り付いていた。今度は炭酸の時とは違い、周りをキョロキョロとうかがっている。

明らかに挙動不審だ。なんですか、これからクレーン機を傾けたりするんですか？　それコインゲームにしか有効じゃないしやっちゃだめだからね。

「…………」

彼女は鞄から財布を取り出した。

やるのか。

ショーケースの中には大きなカエルが詰め込まれている。いや、カエルのキャラとかじゃなくて、普通にカエルだ。……このカエルリアル過ぎじゃね？　うわ……普通こういうぬいぐるみは動物をモチーフにしてかわいくするもんだけど、モチーフも何もそのまんまカエルだよ。

これ絶対欲しいやついないって。

と、思ったそばから二百円を投入する彼女。変わらず挙動不審である。

あー、アレだ。多分、彼女はクレーンゲームがうま過ぎるんだ。ワンゲームでワンアイテムゲットしちゃうんだろう。ほぼ全能の彼女なんだからそれくらいできて当たり前だ。

だからおそらく別の店で出禁をくらったのだろう。でも、彼女のプレイヤー魂はそんなことじゃへこたれない。

これは彼女の伝説に追加しておかなくちゃならないな。「クレーンゲームの達人で、その腕前でゲーセンをいくつも破産に追い込んできた」と。めもめも。

彼女がボタンに腕を伸ばす。

括目せよ。これがプロのクレーンゲーム師だ！

ピッ。

「…………」

彼女はまるで未知の生物に触るようにボタンを一瞬押しただけだった。

そして光らなくなったそのボタンを何度も押して、動かないことに首を傾げている。

「……ん？」

つまり、何回でもボタン押せると思っていたのか。

え？　じゃあ、なんだ。要するに、今回が初めてのプレイだったのね。うん、じゃあしょうがないよ！

「……しょうがなくねぇぇ！」

自分の声で我に返る。周りの注目を集めていた。背筋がすっと寒くなる。僕は店内で場所を移動し、彼女の観察を続行することにした。

——けども。

何回やっても彼女はカエルを引き上げることができないばかりか、引っかかりもしない。もう六回目なのに。

これは認めなければならない。

彼女は類まれなクレーンゲームが苦手な人なのだと。

よかった。破産に追い込まれたゲームセンターはなかったんだね……。

そしてまた彼女の弱みを一つ知ってしまった。

普通の人なら弱みでもなんでもないのに彼女が隠すから弱みになってしまっている。

「…………」

というか、そんなに難しいのだろうか。

あのクレーンゲームだけがすごく難しいという可能性もある。検証してみる必要があるだろう。

要するに普通に挑戦したい。

僕は周りのクレーンゲームを見渡す。少し離れたクレーンゲームに同じカエルのぬいぐるみがあった。

「泥沼だったな……」

数十分後、僕は腕の中におさまらないほどの大きいカエルを抱えていた。

取れそうで取れない、ということを何回も繰り返し、八回目で取る事ができた。結局これだと、僕が下手なのかこれが難しいのかが検証できないので後に並んでいた人のプレイを観察してみると、あっさりと一回でゲットしていた。

簡単なのか……。そもそも僕ってクレーンゲームは得意じゃないからな。

結果的に、簡単というのが分かったのはよかったのだけど……。

このカエル、

「でかい」

前も見えにくいし、何しろ注目を集めてしまう。正直今も注目されていると思われるけど、前があんまり見えないからセーフ。……セーフ。

これ、どうにかしなきゃいけないな。

——そうだ。これを結月さんにあげればいいんじゃないか。僕はこれがいらないし、結月さんはこれを欲しがってる……多分。お互いの利益が一致するはずだ。

よし、と視線を移すと、

「あれ?」

いない。結月さんがいない。

少し周りを見渡すが、見つからない。よく考えれば当たり前かもしれない。数回やったら普通は諦めて帰るものだし。あの後何回やったかは知らないが、今はもうここにはいないのだろう。

とりあえず彼女を探さないといけない。家に帰られたらアウトだ。

慌ててゲーセンを飛び出すと、

「あっ」

「へ?」

ゲーセンの外にあるベンチに座って、コーヒー牛乳を飲んでいる少女がいた。もっと言えば椿原結月さんだった。

両手で缶を大事そうに持っている。炭酸の時もこうしていたからこれが彼女の持ち方なのだろう。なんだかすごくおしとやかな淑女らしい。……中身は疑問だけど。

「やあ、結月さん。こんなところで会うなんて偶然だね」

　僕はカエルの隙間から彼女と目を合わせる。

「あ、アマちゃん……」

「アマちゃん？」

　彼女は一瞬口を開けて僕が抱えているカエルを見ていたが、すぐにいつもの表情に切り替わる。

「日陰井くん、こんなところで何してるの？　真っ直ぐ家に帰らなきゃだめじゃないの」

　結月さんはいいのかよ。

「ごめんごめん。ちょっとゲーセンに寄ってたんだ。見ての通りね」

「そう。……」

　彼女は自分が少し横にずれて僕が座るスペースを作ってくれた。

「ありがと」

　僕はそこに腰を下ろし、彼女との間にカエルを置いて一息ついた。

　ふう。なんだかこうしていると、親子三人で座っているみたいだな。

　そうなると、このカエルが我が子になるわけなんだけど、どうなのそれって。カエルの子はカエルなんだし僕も遠回しにカエルってことなの？

　なんていう意味不明な思考を垂れ流しながら横を見ると、結月さんがカエルを凝視していた。

　うむ……、欲しがっていたし気になるのだろう。ストレス発散ぬいぐるみとして使用するつもりだったのかな。かわいそうなカエル。きっと三日で綿の塊になっちゃうんだろうね。でもごめん。可愛く作ってくれなかった製作者を恨んでくれ。

「これ、欲しいの？」

「え？　あ、いや……別にそんなことないわよ」

「あげようか？」

「いらないわよ」

　彼女は視線を逸らす。

「まぁ確かに分かる。ただのカエルだもん。可愛げがないし」

「そんなことないわよ。手のひたっとした感じとか、口が大きいところとか可愛いじゃな……なんでもないわ」

……いやー、なんでもなくはないでしょう。

僕は、万が一、念のため、ないとは思うけど、一応、もしものために聞いてみる。

「あのさ、このカエル、可愛くないよね？」

「別にアマちゃんは可愛くないことはないんじゃないかしら」

「………」

えーっと……？　可愛いってことか。

じゃあこれを可愛いと思って取ろうとしていたの？　しかも何これアマちゃんって名前あるんだ。ただの大きいカエルなのに。

「これが気に入ったみたいだね。よかったらあげるよ」

きっと僕のセンスがおかしいんだよね。このカエルは可愛いんだよ。僕が間違ってた。

「いらないわよ」

「え？」

「いらないわ」

「どうして？　遠慮しないでよ。普通にあげるって」

「別にプレゼントなんていらないわよ」

なんでこんなに頑なに断るんだよ。受け取ってくれよ。ほら、主婦の目が引いてるもん。

「あげるって。欲しくないの？」

「だから、欲しく……欲しくないわ」

口籠ったことからも本当は欲しいのだろう。なんで受け取らないんだよ。僕もいらないよ。これを持って帰るとか視線を集め過ぎて途中で気絶するよ。カエルで死亡とか嫌過ぎる。

「いや、あの。あげる」

「遠慮するわ」

「……すいません！　もらってください！　死んでしまいます」

土下座。

「そこまで、言うなら」

「いやだから遠慮しないで……え？」

「……」

彼女は視線を散らせている。

「あ、あの。これ、僕間違って取っちゃったんだよ。本当困ってるんだよね。だからもらってくれない？」

「そう。私がもらわないとあなたが困るというのならば、もらうわよ」

「ありがとうございます！」

無事、アマちゃんの受け渡しが完了した。なぜかは分からないけど結果オーライだ。多分僕のローリングラリアットコークスクリュー土下座のおかげかな。何それ攻撃的。

「それじゃ、僕はそろそろ行くね。もらってくれてありがとう」

「いえ、気にしなくていいのよ」

彼女は凛と背筋を伸ばしてベンチに座っている。細い首筋にしなやかな髪、このアーケードの背景とも合わさって絵になるはずなんだけど、カエルが全てぶち壊しているこの野郎。

「じゃあ、また」

「ええ、学校で」

僕が軽く手を振り、そこから立ち去ろうとすると、

「あ、アマちゃん……」

ベンチの前にツインテールの小学生がいることに気が付いた。指をくわえてアマちゃんを見つめている。

「どうかしたの？」

僕が呆然としていると結月さんがその子の前にかがんで話しかけた。

その表情は柔らかい。

「……お姉ちゃんのアマちゃん？」

「そうよ」

「あ、あの、あの……」

言いよどむ少女。結月さんはしばらくそのまま少女を見つめていたが、頭に手を置いた。

「アマちゃん好きなの？」

「…………うん」

人気なのかよ。カエルブームなのかな……。

結月さんは立ち上がり、アマちゃんを抱きかかえる。

「はい」

「……くれるの？」

「そうよ」

「いいの？」

少女は申し訳なさそうに結月さんの顔を覗き込んでいる。

「いいのよ。アマちゃんもあなたのこと好きみたいだから」

そう言って結月さんはカエルを少女に手渡した。少女は自分と同じ大きさほどのそれを抱きかかえ、嬉しそうに満面の笑みを浮かべる。

「ありがと、お姉ちゃん！」

「どういたしまして」

そして結月さんはもう一度少女の頭に手を乗せ、撫でる。

おたのしみに

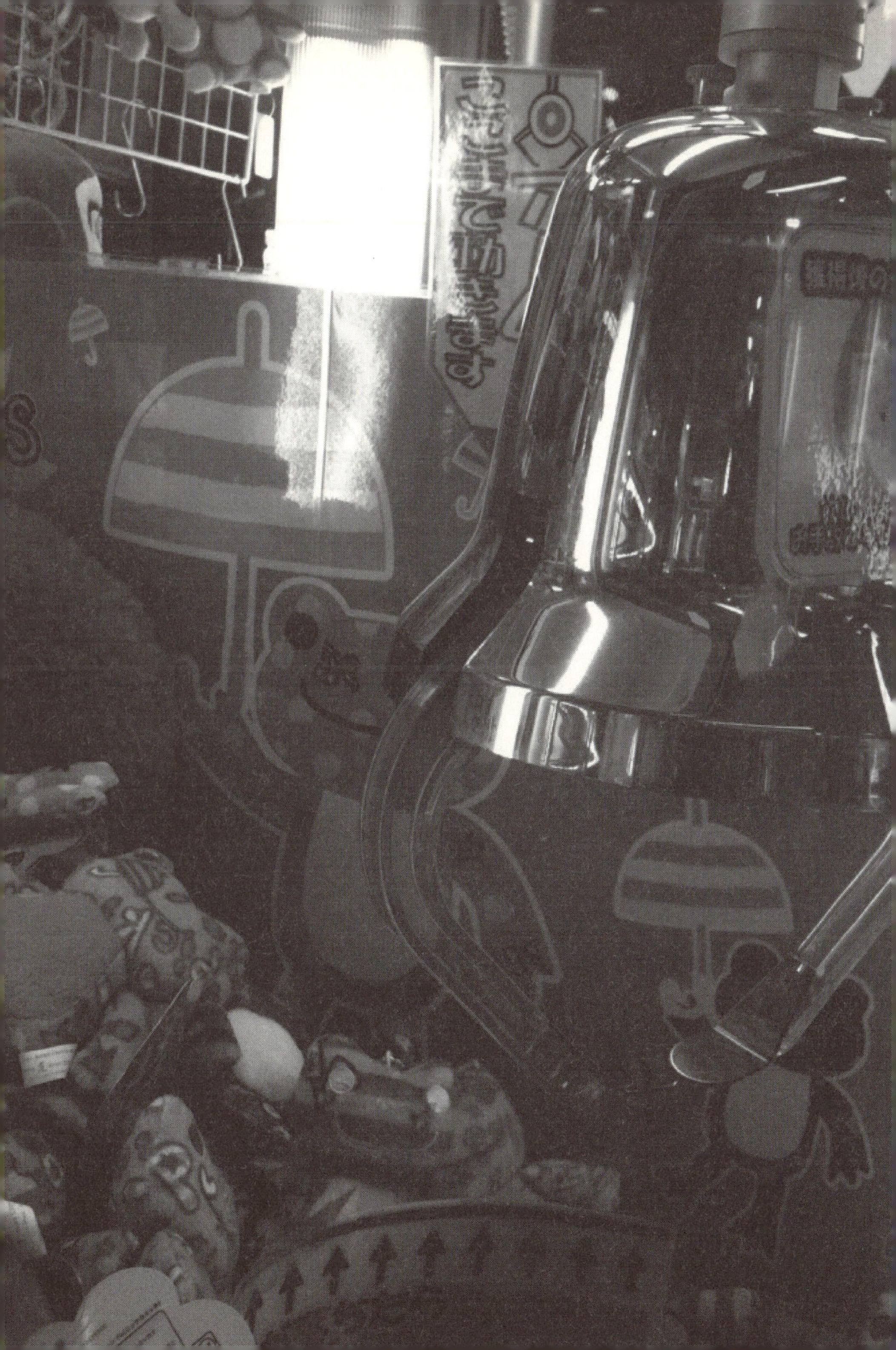

――その表情は、春風のような微笑みだった。

こんな顔もするんだ。

そして数瞬、僕は確実にその表情に時間を喪失させられていた。

僕の中の様々な疑問が確信へと変わるのを感じた。

少女は母であろう買い物客の元へ駆け寄り、アマちゃんを見せびらかしている。驚く母に何か説明した後、結月さんの方を指さす。

母は深くお辞儀をした。それにつられて結月さんも小さく頭を下げる。少女はもう一度嬉しそうに手を振り、結月さんも答える。

その二人が去った後、

「結月さんって、子供好きなの？」

「……それだったら何なのかしら」

「い、いや、別に」

彼女はすっかりいつもの凛々しい表情に戻っていた。

でも、本当に意外だった。結月さんがあんな笑顔を見せるなんて。

「その、あなたの取った物なのに勝手にあげちゃったわね」

「いいんだよ。結月さんに引き受けてもらったものだから」

「……そう、ね」

「それじゃ、僕は行くよ。また明日」

「ええ」

アーケード街を抜けて一呼吸つく。

――彼女のことを勘違いしていた。

僕が彼女に嫌悪感を持っていたのは、その一人よがりさ、傲慢さ。そしてもっと言うならば、同族嫌悪。

自分が完全じゃないのに、リーダーになろうとした過去の僕と、結月さんとが重なって見えたのだろう。

しかし、結月さんは違った。

かつての僕は、努力もしないで人を見下し、そして理解しようとしなかった。何しろ、自分に能力がないことに気付かなかった。

結月さんは、今のように人に優しくできる人間だ。リーダーになりながら、傲慢になりながらも、その役に溺れないできちんと皆のことを考えられる人間だ。

何が同族嫌悪なのだろうか。むしろ正反対だ。

炭酸が飲めないのもクレーンゲームが苦手なのもアマちゃんが好きなのも、ただの彼女の人間らしさなんだ。

そこを完全否定してしまうのは、違う。

本人が否定しようとも、僕はそんな結月さんこそがいいと思える。

「あの」

「はい？」

後ろから急に声をかけられ、僕の耽りはかき消される。反射的に振り返った。

するとそこには僕と同じ高校の女子制服でコスプレをした小学生がいた。今日はよく小学生に出くわすな……。というかなんでコスプレしてるんだろう。流行っているのか。世代間ギャップを感じる。僕も歳を取ったものだ。

「大丈夫かい？　迷子？」

僕が少し屈んで目線を合わせると、彼女は単語を発した。

「……協力」

つぶらな瞳でじっと見つめてくる。

「協力？　当たり前じゃないか。君のお母さんを探すの、協力してあげるよ」

まったく、こんな子供を一人にするなんて信じられない親だな。ロリコンが「はぐれたら大変だから」とか適当なこと言って手を取って連れ去ってしまうかもしれないのに。

「よし、じゃあ手を繋ごうか」

はぐれたら大変だからね！

「……あの、知ってる」

手を取ると、小さく握り返してきた。

「……？　取り敢えず、食料品売り場から探そうか」

「こっち」

「あ、ちょ、ちょっと」

食料品売り場とは違う方向に行こうとする。あれ？　まさか僕が連れ去られる側？

なるほど。そういう遊びがしたいのか。まったくしょうがないなあ。

彼女が手を引いた先は僕のお小遣いにリアルに響いてくる感じのモスバーガーであった。ここで食事をすると、生活がカツカツな僕は漏れなく晩御飯抜きになる。

「モスバーガー入りたいの？」

「……」

無言で頷く少女。

「マジで？」

「……」

こくこく。

僕は晩御飯を生贄に捧げ、モスバーガーに入店した。やっぱり小さい子の可愛さには勝てない。

そしてノーマルなセットを二つ注文して、僕は席についた。ちなみに彼女の分も出したから明日の晩御飯も生贄に参加することになった！　わぁい！　……わぁい。

「それで、どうするの？　お母さん探さなくていいの？」

正面に座る彼女に尋ねる。足が地面に届かないらしくぶらぶらさせているのがまた可愛らしい。うん、二十四時間体制で追跡して手を差し伸べたくなるような……あれ？

この感想をこの間も得た気がする。

「……」

頼んだコーヒーを飲みながら彼女の顔をじっと見ると、

「……ん？」

どこかで見たことあるな。この小さくて、前髪がぱっつんで大きな瞳がとろんとしていて――、

「って子百合じゃん！」

うわ、びっくりした。一度も喋ったことないのにいきなり下の名前で呼び捨てにしちゃったよ。

小無子百合。学級委員の書記。

結月さんと話しているのを何回か見たことがあるけど、単語で区切ったり、変なところで読点を入れる話し方をする。元々口数が少ないので噂はあまり回っていない。

「実年齢が十歳だっていう噂以外はね」

「違う」

彼女は少し頬をふくらませる。全ての動さが可愛らしい。

「さっきは、その、ごめんね。小学生とか言って」

「失礼」

彼女はあいも変わらず不機嫌そうな顔をしていた。しかしその可愛らしい瞳のせいであまり迫力がない。だからさっきからあんまり顔合わせてくれなかったんだ。

「それで、子百合。僕に何か用？」

「だから、協力」

……協力？

「やっぱりお母さんとはぐれたのか？」

「違う」

彼女は少し赤面して眉をひそめる。何これ楽しい。

「それじゃどんな用事？」

「あなた、知ってる。私だけじゃ、難しい。だから、協力」

——なるほど。

「つまり、僕のお母さんは実は子百合のお母さんでもある。だから僕は子百合のお母さんの顔を知っている。この広いアーケード街の中で、一人でお母さんを探すのは難しい。だから僕にも協力してほしい、ってわけだね。知らなかったな、まさか僕と子百合が兄妹だったなんて」

「だから、違う」

彼女は先ほどよりも顔を赤くしていた。それと共にポテトを食べる手の往復スピードが速くなっているように思える。

そしていつの間にか彼女の分のハンバーガーや飲み物は消え失せていた。……いつ食べたんだよ。速過ぎて見えなかった。

「……」

とか言っている間に彼女はポテトも完食し、僕の食べ物をじっと見つめる作業に入った。

「……欲しいの？」

「……」

こくりと頷く。脊髄反射で頷く。さも当然のように頷く。

しかし、これは僕の晩飯という尊い犠牲を払って得たものだ。簡単にはあげられない。そりゃあ、好きな相手とかだったら別だけど。

確かに食べ物を欲しがっている彼女は可愛い。それは認めよう。

だけど、女の子って可愛さだけが全てじゃないと思うんだ。可愛いから好きって言うのは安直過ぎるし、僕はそんな安い男じゃない。大体そんなことで一々好きになっていたら詐欺に引っかかるレベルだって。

だから、子百合のことを好きか嫌いかで聞かれたら、結婚したい。当たり前だろ可愛いんだから！　詐欺だとしても騙されたい可愛さ！

「はい、全部あげる。だから結婚しよう」

僕はほとんど手をつけていないそれらをトレーごと彼女に献上した。

「け、結婚っ」

「そうだよ。ここで愛を誓い合って両親に挨拶に行き式をあげて子供を作り一緒に幸せに暮らすんだ。あ、子供はもうちょっと先の話だね」

「ば、ばか、じゃない、の」

子百合は完全に俯いてしまって、そのぱっつんに表情が隠れている。だけど耳が真っ赤になっていることから羞恥に悶えていることが分かる。可愛いな。

「まぁ冗談はそのくらいにして」

「セクハラ」

「あれ？」

「セク、ハラ」

「だから、冗談――」

「冗談、でも、セクハラ」

僕は社会の厳しさを知った。社会人になったら絶対にプロポーズとかしない。

「……そ、それで用事はなあに？」

「協力」

「だからそれじゃ分からないよ……」

そう言うと、彼女は目を伏せてどこか悲しげな様子だったが、瞬間、どこからともなくノートとペンを取り出した。速くてどこから取り出したか分からない。とりあえず気付いたら目の前にB５サイズのノートとピンクのシャーペンがあったのだ。

そしてノートの真ん中あたりのページを開き、書――

「ッ!?」

瞬間、店の中に風が吹き荒れた。まるでかまいたちのような激しい風。乱れる髪。空飛ぶポテト。めくれるおばちゃんのスカート。最後のはいらない情報だった。

「……これ」

そして僕の目の前には文字がびっしりのノート。先程まで白紙だったはずなのに。

状況を繋げて考えた結果。おそらく先ほどの風は、彼女の筆記によってもたらされたものであるようだった。さすがは書記。記すことに関してはずば抜けている。過ぎた無口も、この尋常じゃない速度筆記によって乗り切ってきたのだろう。……こんな簡単に片付けていい現象なのかな。

とりあえず今は、死のノートが彼女の手に渡っていなくてよかったと安堵するばかりだ。

「読んで」

僕は少しおじけづきながらも渡されたノートに目を通す。

『私は小無子百合。学級委員の書記。今日津弦くんをここに連れてきたのは椿原結月ちゃんのことで話があるから』

結月さんのこと、か。タイムリーだな。さっきまで一緒にいたし。

『私は結月ちゃんと同じ中学校だった。彼女は生徒会長をしていた。今みたいにどこからどう見ても完璧で全能な人。だけど、私は偶然彼女が全能じゃないことに気付いた。津弦くんが今回気付いたみたいに。昨日の飲み物、お茶にしてくれたのは津弦くん。アマちゃんを取ってくれたのも津弦くん。津弦くんは結月ちゃんの弱い部分を見ても誰にも言うことなく、そっと手助けしてくれた。ありがとう』

うわ、なんか照れるなこれ。

「というかなんで結月さんのことなのに子百合がお礼言うの?」

「結月ちゃん。大事な人、だから。お礼、当たり前。ありがと」

彼女はつっかえつっかえ喋りながら、僕の方へと手を伸ばしてくる。

なんだろう、目つぶしかな?

やがて彼女の手は僕の頭の上に、ぽふりと乗った。ぽふり、この擬音大事。僕の髪の量はまだまだ余裕だよ。

「……何？　魂でも取り出すの?」

彼女は僕の頭を左右に撫でる。ふわふわと優しく、かろうじて彼女の少し低い体温を感じることができるくらいに。

「感謝の、印」

「……………………ふむ」

僕は顎に手を当ててクールに対応していたが、正直体内の血液は沸騰して鼻から赤い温泉が噴き出しそうになっていた。ついでにテンションもおかしくなっていて、多分今なら『茄子がなすった』という自前最低レベルのギャグで爆笑できるだろう。

数秒僕の頭を撫でると、彼女は再び席についた。

ふう、危なかった。我慢し過ぎて血涙が出るところだったよ。あ、目と鼻って繋がっているらしい。だから鼻血を我慢すると血涙が出るとか。どうでもいいね、本当に。

それにしても、子百合と結月さんは学級委員だけの繋がりだけじゃなかったんだな。

僕は続きを読み進める。

『私も今の津弦くんと同じように、結月ちゃんの弱いところを本人含め誰にも言わずに彼女を手助けしてきた。だけど、私は津弦くんみたいに陰ながら助けるんじゃなくて、もっと直接的。ずっと傍にいて、彼女の苦手そうなことが回ってきたら彼女に気付かれないように私が先にやったりして回避してきた』

だからいつも一緒にいるのか。

『結月ちゃんは自分が助けられる、ということを許さない。アマちゃんを「あげる」と言っても受け取ってくれず、「受け取ってください」とお願いしたら受け取ってくれたのはそういうこと。結月ちゃんは全部自分の力だけでやろうとする。プライドがすごく高い』

というかなんで知ってるんだよ。

「………あ」

そして僕は気付く。昨日からたまに視線を感じていたが、犯人は子百合だったのか。

ふっ、相手に視線を感じさせちゃうなんてまだまだだな。そんなんじゃ僕みたいに授業中、隣の席のやつにさえも気づかれることなくトイレに行けないぞ。

ではなくて。

今はそんなこと、どうでもいいんだ。それより結月さんのこと。

確かに彼女はプライドが高い。

炭酸が飲めない、なんてことを隠すということが彼女のプライドの高さを物語っている。普通の人ならわざわざ隠すようなことではない。

『結月ちゃんは、皆が持っている自分のイメージをすごく気にする。実際、苦手なものがあろうが、完璧じゃなかろうが、皆の認識の中では完璧であろうとする。きっと皆の中での自分のイメージが崩れたら彼女は彼女じゃなくなってしまう。期待が結月ちゃんの全てだから。

今まで私だけで彼女のイメージを守ってきた。だけど高校になって活動の幅も人との関わりも広がった。だから、津弦くんにも手伝ってほしい。一緒に、結月ちゃんを手助けしてほしい』

その時、僕の呼吸が喉の奥でつっかえた。

『皆の認識の中では完璧であろうとする』

僕はもう一度読む。

それはつまり、実際は違うけど、そう見える様にする、ということだ。

椿原結月。彼女は完璧ではないが、皆には自分が完璧であるかのように見せている。

——相手を騙している。

そういう言い方もあるだろう。

つまり、彼女は自分の人間らしさの部分を弱点と認識しているということだろう。

……確かに、クラスの皆に本当の彼女を知られたら……それは、大変なことになる。皆が僕のように考えるわけじゃない。

「読んだよ」

　僕は子百合にノートを返す。

「それで、協力」

　最初会った時から協力と言っていたのはこのことを言いたかったのか。

「……一つ、教えてほしいんだけど、いい？」

「…………」

　彼女は数秒止まっていたが、やがてこくりと頷いた。

「子百合はさ、どうして結月さんを助けるの？　大変でしょ」

　そう言うと彼女は瞬間考えてからノートに速記する。

『私は人と話すことが苦手。自分の気持ちとか話の中心とかが先に来ちゃって、うまく論理立てて話せない。だからこうやってノートに書いてる。それがすごく嫌だった。そのせいで友達もできなかった。そんな時、結月ちゃんが私に話しかけてくれたの。いつものようにうまく喋れなかったけど、それでも急かすでもなく、結月ちゃんはずっと私の次の言葉を待ってくれた。それが、すごく嬉しかった』

「……そっか。結月さんに、救われたんだね」

「そういう、こと」

「それならいいんだよ」

「……？」

　彼女の頭の上にはクエスチョンマークが浮かんでいた。僕は慌てて追加説明をする。

「えっと、つまり、子百合は結月さんの人間性が好きなんだよ。それは、彼女が炭酸飲めなくても、クレーンゲーム苦手でも関係ないことでしょ。彼女の完璧さじゃなくて、ちゃんと彼女自身を見てるってことなんだから」

「そう、なの」

　大半の人間は、別に結月さんの人間性が好きなわけじゃない。ただその『完璧さ』に魅了されているだけだ。だから、その

『完璧さ』がなくなった途端、結月さんに幻滅する。ひどい話だけど、仕方ない。人には偏見がつきものだから。

「クラスメイト以上に一番『完璧さ』にこだわってるのは結月さん自身だよね。自分が未熟だと認めたくない、なんでもできると信じたい。だから、人から何かしてもらうことを受け入れないんだと思うよ」

　僕は別に彼女が未熟だとは、まるで思わないのだが。

「だからもし、僕らが彼女のイメージを守るためにこっそり動いてるなんてことが本人に知れたら、自分の無力を思い知ることになる。しかもそのことに今まで気付かなかった。そのダブルパンチですごく落ち込むと思うよ」

「それは、分かる。それを、避けるために、がんばる」

「そうなんだね。それが確認できてよかった。『彼女に完璧でいてほしいから手助けする』なんて理由じゃ手伝わないところだったよ」

　僕も子百合も、結月さんに冷徹で傲慢でいてほしいとは思っていない。彼女の人間らしさ溢れる部分も含めて彼女は完全なのだし、僕は、そしてきっと子百合だってそれを全て肯定したい。

　ただ、本人がそれを皆の前で隠したいと望むから、たったそれだけの理由で手伝うんだ。

「…………」

　彼女は席から再び立ち上がり、僕の頭を撫で始めた。なでなでなでなでぐりぐりぐりぐり。

「今度は、何?」

　鼻血出していいの?

「思ってたより、ちゃんと、考えてる人、だなって」

　何それ。僕馬鹿だって思われていたってことですか?　否めないよ。

　子百合はさっきよりも長く、僕の頭を撫で続けた。やめて、摩擦で禿る。僕の爺ちゃん禿ててやばいんだよ!　とは言えなかった。

「分かった。ちゃんと手伝うよ。協力する」

　僕はできるだけ優しく微笑んで、子百合ははにかんだ。

こうして僕は子百合と共に、結月さんに気付かれないように彼女を助けることになった。

——なんて。

正直この時の僕は、甘く見ていたんだ。どうせやることなんて、お昼の炭酸をお茶にするくらいだろう、と思っていた。

結月さんが今まで通り普通に過ごしていれば、特にボロは出ない。皆に彼女の本当のところがバレる機会なんておとずれない。せいぜいアマちゃんが取れなくてちょっぴり落ち込むぐらい。

そんな風に思っていた僕を、誰か殴り倒してほしい。


事の発端はあれから四日後。


僕は和久と一緒にジュースを買いに行くのが日課になっていた。彼が昼休みに教室を出たのを確認し子百合とアイコンタクトを取って、僕が彼を追いかける。そして炭酸以外の飲み物を買わせるのだ。ちなみに今回はビタミンドリンクである。

「それじゃ、同じ時間に二つのファミレスで目撃されたっていうのは?」

「んなわけねーだろ。オレは一人しかいないんだから」

僕達はすごく仲良くなっていた。やっぱり拳を交わすってすごい。

今は噂の信憑性を確認していたりする。

「双子の弟とか出てこない?」

「そんなんいねーって。オレには妹がいるだけだよ」

両親がいない、というのは前回に確認した。あまり踏み込みはしなかったため、その事実を確認することしかできなかったけど。

「でも、そんな噂が立つぐらいバイトやってるんでしょ?」

彼は「んー」と少し言葉を濁す。

「確かに人よりかはやってると思うよ。三個掛け持ちで、日雇いもやってるから」

「え!?　そんなにやってるの？　働き過ぎだよ！　何その日本人の鑑」

「そのくらいやらないと生活キツイんだよ。妹も金かかる時期だし」

僕は彼の言葉を聞いて、普通にモスバーガーに行っている僕を後ろめたく思って申し訳ない気持ちになる。

「大変なんだね」

「大変？　そんなことねーって。楽しいよ。汗水流して人のために働くっていうのは」

彼は斜め上を、微笑みながら仰ぐ。心なしか後光が差しているように見えた。

「わあ……」

あまりの眩しさに仏が降臨したのかと思った。

「今日遅刻したのってやっぱりバイト疲れの寝坊だったりするの？」

「いやいや、今日は、自転車が壊れて――」

あぁ、それで。

「――困っている女子高生がいて、彼女が遅刻しそうだったんで二人乗りして送っていったんだ。そしたらオレが遅刻しちゃったって話」

馬鹿だ！　こいつ馬鹿だ！　それですごい良いやつだ！

そう言えば見かける度にお婆さんを背負って歩道橋を走っている、なんて噂もあったっけ。

それくらい日常茶飯事に人助けしているのか……。むしろどうしてそんなに人が困っている状況に出会うんだよ。熱血漫画の主人公かよ。

「じゃああれは？　喧嘩を頼まれて不良軍団を数分でひねりつぶしたとか」

「はっ」

彼は鼻で笑う。

「あのな、喧嘩なんて大抵両方が悪いんだからよ。片方の意見だけ聞いて参戦するなんてことはしない」

両方の意見を聞いた末に悪い方に制裁を加えることに関しては否定しないのが怖いよ！

ここで、そろそろ僕が一番気になるところを聞いてみた。

「んー、それじゃシスコンっていうのは？」

架空の妹を妄想するくらいに僕は妹成分が不足している。妹がいるなんて羨ましい限りだ。やっぱり妹は可愛いものなのだろうか。思わずシスコンになってしまうくらいに。

「シスコン？　やめろよ恐ろしい……」

光り輝いていた和久の瞳は一瞬で曇る。え、何それ、妹って畏怖の対象なの？

「オレはあいつの奴隷だよ……」

「えっと、それはそういうプレイとかではなく？」

「なんだよプレイって。言葉通り奴隷だよ。あいつにこき使われてるんだ……」

僕はごくりと唾を飲み込む。

「それは、例えば？」

「バイトない日、オレは学級委員室で皆の相談受け付けるバイトしてるだろ？」

うん、あれもバイトの一つだったんだね。

「それで、帰りが遅くなるんだ。そうすると、バイトが無かったのに帰りが遅かった罰として……うわあぁぁぁ！」

和久は頭を抱えてその場に膝をつく。

「落ち着くんだ！　ここに妹はいない！」

僕は頭を抱えて苦しむ和久の肩を揺らす。

「あ、危なかった……もう少しで向こうに引きずり込まれるところだったぜ……」

「向こうって何!?　引きずり込まれるって何!?」

取り敢えず分かったことは、いつも自由奔放で己の正義（とちょっとお金）でしか動かない彼を縛り付ける唯一の存在が、妹だということだ。

「悪かった。もう妹について言及はしないよ……」

「オレも悪かったな。急に」

「いや、いいけどさ。気にしないで」

トラウマをほじくり返してしまったようだ。妹の話はしないようにしよう。

そして僕らは学年の掲示板の前を通り過ぎる。教室に戻る時はいつも通る廊下に設置してあるのだ。

「……ん？」

その掲示板に見慣れないものが貼られていることに気が付いた。

「どうした？」

「いや……これ、順位表かな」

和久もその掲示を覗き込んでいた。

「へぇ、上位十名が貼り出されるんだな。オレは全然だめだろうな」

どうやら、入学後すぐにやった模試の順位らしい。

「一位はやっぱり椿原結月さんなんだね」

「あー、あいつは頭良さそうだからな」

その順位表の中で、僕の知っている人は一位の結月さんと七位の小無子百合しかいなかった。五二四点。それが結月さんの点数だ。二位は四三一点。実に百点近い差がある。圧倒的な一位だ。

やっぱり、彼女はすごい。

それなりの努力をしているのだろう。……だけど、その自分の努力の成果を、また眉ひとつ動かさずに「普通」で片づけるのだろう。


放課後になり、順位表のことで会話は持ちきりだった。どうやら昼休みに発見したのは僕らだけだったらしい。皆が見に行っているので教室には僕と結月さんと子百合しかいない。

結月さんは自分の席で学級委員のプリントに目を通している。まるで、自分が一位だと確信しているから順位表を見に行く必要なんてないと言うように。

その隣では子百合が目にも止まらぬ速度で、結月さんから渡されたプリントに何かを書き込んでいた。これが学級委員の仕事風景である。

結月さんはやっぱり美しいな、子百合はやっぱり小学生だな、と僕がぼんやりと眺めていると、教室の扉が勢いよく開いた。

一瞬で教室は緊張に包まれる。

「はぁ……はぁ……」

息を切らせて長い髪を揺らしながら登場したのは——一色色葉であった。そう、お昼ご飯をいつも一人で食べている彼女である。

僕ら三人は視線が釘付けになる。

すると、一色は早足で結月さんの元へ向かい、目の前に立ちはだかった。

そして、きっ、と睨みつけ、

「なんなんだ！　いい気になるなよっ……もう」

一色がなんなんだよ……。後半はなんだか泣き出しそうな力ない声になっていた。

結月さんはなおも顔色を変えることなく、眼鏡をくいっと直して一色と視線を交わしている。竜とネズミ。それくらいの態度の差がある。

数秒沈黙が続くと、一色はくるりと踵を返して走り去ってしまった。ドア閉めろよ、とか思っている場合じゃない。細かいところばかりが気になってしまうのが僕の悪いところ。

子百合は心配そうに、しかし気付かれないように結月さんを横目で観察していた。

僕と子百合は知っている。

結月さんが、完璧じゃないことを。

プライドが高い故に、皆の評価も気にするということを。

「……あとの資料、全部ＯＫよ。サインお願いね」

彼女はプリントを机の上に置き、席を立った。

僕と子百合はアイコンタクトを取る。子百合は仕事の分担でここから動けない。だったら、僕が行くしかないのだろう。

僕は頷いて、結月さんを追いかける。

彼女は確かに表情には出さない。だけど睨まれている時、彼女の足が小さく震えていることを僕は見逃さなかった。


生徒会準備室。

そう書かれた札が下がっているのは、結月さんが苦しんで炭酸を飲んでいた水道の前にある教室だ。生徒会室とは違って、半分物置となっている教室だ。彼女はここに入って行った。

それは分かっているのだが、僕は扉の前で躊躇してしまう。

恐らく、今までも一人になりたい時はここに来たのだろう。

誰にでも一人になりたいときはある。それは自分と向き合うのに必要な時間だ。それを邪魔することは相手のためにならないし、人として最低の行為であると思う。

「失礼します」

僕は景気よくドアを開ける。僕、最低。

するとそこには眼鏡を取った結月さんが、椅子の上で体育座りをしていた――が、一瞬にして普通の座り方に戻り、僕に背中を向けた。

「何？　ここは関係者以外立ち入り禁止よ」

中には彼女の赤い眼鏡が置いてある大きな机があって、それを囲むようにパイプ椅子が並べられている。彼女は一番奥の椅子に座っていた。準備室という名だけあり、棚にたくさんのファイルやら段ボールやらがある。

「そうなんだ。知らなかった」

僕はドアを丁寧に閉めて、彼女と角を挟んだ隣に座る。

「なんで入ってくるのよ。立ち入り禁止って言ってるでしょ」

心なしか、いつもより冷たい声色だ。僕を迷惑がっているのだろう。

「それより、どうして僕に背を向けてるの」

「花粉症で少し目が赤いからよ」

「あぁ、なるほど。今年は花粉がきついらしいから気を付けないと」

「…………」

「…………」

「……だから、なんでいるのよ。何か用？」

「いや？　別に」

「じゃあ出てってよ」

「静かに本読みたいんだよ。吉岡が戻ってきて、教室うるさくなっちゃって」

「じゃあ家に帰ればいいじゃない」

「家も家族がうるさくて」

一人暮らしだけどね。

「じゃあ図書館にでも行けばいいでしょ？」

僕はその言葉を無視してポケットから文庫本を取り出した。ちなみに楽しみにしていた新刊である。早く読みたいのは本当。

「…………はあ」

彼女はため息をついて、僕を追い出すことを諦めた様子だった。

確かに、一人の時間は大切だし必要だ。

だけど、今はそういう時間ではないのだと思う。

彼女は理由の分からない剥き出しの嫌悪感を向けられて不安になっているんだ。不安な時に一人でいるのは、なんとなく違うような気がする。

だから、ただ一緒にいようと思った。

今回のことで、彼女が人並み以上に周りの反応を気にすることが分かったし。別にここまで落ち込まなくても……、気持ちは痛いほど分かるけどさ。

不安というのは自分の中でため込むことは難しい。特に近くに知っている人がいれば、放出したくなるのが自然だろう。

だから、どんなにプライドが邪魔したって、こうやって僕がここにいれば何か相談してくれるに違いない。

大丈夫。十分もすればきっと彼女は心を開いてくれるだろう。

だから、彼女が相談してくるまで僕はここで読書をしよう。


いやあ、面白かった！　まさかあそこで主人公があんな決断をするとは……完全に予想外だったなあ。

僕はあとがきを読んで本を閉じる。

……って普通に本一冊読み切っちゃったよ！　まさかの一人ノリツッコミ！　寂し過ぎるだろ。

彼女を横目で確認すると、ぴくりとも動いていない様子だった。

一時間以上、こうしている。


「………」

僕の予想では、今頃二人は手を取り合ってあんなことやこんなことになっているはずだったのだけどな……。

もう一度彼女を一瞥する。しかし、変わらずに僕に背中を向けたままだった。眼鏡もぽつりと机の上に置かれたままである。

うおい……マジかよ。もしかして僕、選択肢ミスった？　ロードしてやり直した方がいい？　あの時部屋に入らないで帰った方がよかった？　帰って栽培してるもやしと会話していた方がよかった？

僕がそんな思考で大混乱の渦に巻き込まれていると、

「本、読み終わったのかしら」

「あ、はい」

急に話しかけてきた。

「……日陰井くんって変な人よね」

そう言い、彼女はこちらに向き直る。

「ん……？」

思わず声が溢れ出た。

眼鏡をかけていない結月さんは少しきつさが抜けていて、いつもより物腰柔らかそうに見えた。アマちゃんをあげた、あの少女に向けた表情を思い出す。

まるで何かいけないものを見ているような気分になる。プライベート結月さん、みたいな。

彼女はすぐに眼鏡を手に取り、そのままかけてしまった。

うん、やっぱり眼鏡をかけるとシャキっとする。完全にいつもの表の顔だ。

「どうかした？」

小首を傾げる結月さん。その動作がいちいち淑女っぽい。

「いや、なんでもないっす」

「……そう。そろそろ、この教室閉めるけど、大丈夫？」

それって、僕が本を読み終わるのを待っていてくれたということだろうか。

「大丈夫だよ。ごめんね、なんだか付きあわせちゃったみたいになって」

「いいのよ。気にしないで」

そう言い、手をひらひらさせる彼女の表情は、この教室に入った時とはまるで違ったように思う。

「あ、そうそう」

彼女が思い出したようにブレザーのポケットから取り出したのは、携帯電話だった。眼鏡のフレームと同じく、艶やかな赤色をしている。折りたたみ式携帯とは、最近では珍しい。

「………」

彼女はその携帯を手に持ったポーズのまま固まっていた。次に言う言葉がなかなか見つからない……のか？

僕は、そんな結月さんに対して微笑み、口を開いた。

「もし結月さんがよかったら、メールアドレス交換しない？」

「別に、いいわよ」

……僕の選択肢は、間違えてなかったのかな。

そんなことを思いながら、僕は彼女の連絡先を受信した。


教室に戻ると、そのまま僕は子百合に捕まり、モスバーガーに連れてこられた。ねえ、マックじゃだめなの？　と聞くと、短く「だめ」と言われた。早食いで大食いなのに味にうるさい。しかも質も量も求めるとは。

「一色って、あの人、誰」

彼女はポテトを蹂躙しながら述べる。少し機嫌が悪いようだ。無意識のうちに僕のポテト食べてしまうくらいに。それとも意識的なのかな！

「知らないよ。本当」

「あの人、嫌」

「嫌と言われても……」

「あれ、なんなの」

あれ、と言うのは放課後のことだろう。

「んー、時期で考えれば多分、結月さんが一位のことが気に入らなかったんだと思うよ」

「そんなの、知らない」

僕だってそんなこと知らないよ……。

「とにかく、要注意、人物」

彼女はポテトで僕を指しながらそう言った。

知らないよ、もう。と投げそうになったけど、世の中にこんな可愛い女子小学生を放っておける男子高校生がいるわけもなく、僕は一色色葉を注意深く観察しようと心に誓った。


一色色葉。森中出身者。このクラスで同じ中学の人はいないらしい。誰かと一緒に楽しそうに喋っているのを見たことないことから友達がいないのだと推測できる。

いつも怖い顔しているし、顔も可愛いこともあって、男子の僕はなんだか話しかけにくい。

大体は髪の毛をくるくるしながら肘付をしてため息をついている。視線の先の空の向こう、宇宙人の存在について思いを馳せているのかな。それだったらロマンチックだけど、多分「学校つまんね」くらいの思考だと思われる。

実際すごくつまらなさそうにしているし。

僕が吉岡から得た情報を整理していると、会話が耳に入る。

「でさ、すごいんだよ、その店員がもうモリモリで」

「マジで？　そんなモリモリなの？」

何がだよ。

今日の昼休みも、吉岡は何やらおもしろい話をしているようだった。僕は一色色葉のことを考えていたのであまり聞いていなかったが。……なんだよモリモリって。地味に気になるじゃないか。

一色はいつも以上にむしゃくしゃしているようだった。メロンパンを、それはもう親の仇のようにすごい勢いでむしゃむしゃ噛み潰していたから間違いない。今は完食してしまって暇そうに肘付をしている。あんなに退屈そうにしていると昨日読んだ本をつい貸してしまいたくなるな。

すこし視線をずらして学級委員メンバーを観察する。

「……和久くん。ちゃんと野菜も食べなさい」

何やら和久が弁当の野菜を残しているらしい。

それを和久は嫌そうな顔をして応対する。なんだよ、結月さんに話しかけられているんだからもっと嬉しそうにしろよ。

「だってよ、委員長。このレタス苦いんだぜ？」

……苦いって何だよ。どんな味付けだよ。

「それ、確か妹さんに作ってもらっているのよね？　文句言うなら自分で作ればいいじゃないの」

いや、でも苦いのは食わない方が……それって味付け間違えたとかいうレベルじゃない気がする。

「分かってるよ。ちゃんと食べるって。……委員長は、自分で弁当作ってるのか？」

ぴくり、と視界の端で何かが動いた。一色色葉だった。

目だけを動かして、彼女達を睨んでいる。

「ええ。私は自分で作っているわよ」

「すっげーなお前。やっぱなんでもできるんだな」

「当たり前じゃない」

こうやって『完璧』の仮面が出来上がっていたのか。

ふと、椅子を引く低音が響く。一色色葉が立ち上がったのだ。

そしていつかのように彼女に近づいて、立ちはだかる。

「何か？」

今度の先制攻撃は結月さんだった。

「椿原結月。料理が出来るって今聞いたけど、本当なのか？」

「ええ」

「得意なのか？」

「いえ、別に普通よ。皆においしいとしか言われたことないけど」

「そうか。それならやっぱりお前に料理対決申し込む！」

何が「それなら」で「やっぱり」なのかさっぱり分からないけど、どうやら料理対決を挑んだみたいだ。

「そんな暇はないわよ」

呆れるように結月さんは勝負を断った。

「ふうん……。やっぱり、そんなに料理は上手くないんだな？」

「……別にそういうことにはならないわよ」

「私は結構料理に自信がある。私と勝負しないなら、椿原の負けということになるけど、それでいいか？」

「だから、どうしてそうなるのよ」

「自信がないのか？　なら仕方ない。この勝負を取りやめてやってもいいんだぞ？」

あー、だめだ。この言い方。「（お前のために）取りやめてやろうか」という意味合いが含まれている。彼女のプライドに触れてしまう発言だ。

「そこまで言うなら、別にいいわよ」

彼女は眼鏡をくいっと上げた。

一色はにやりとして、

「じゃあ来週の月曜日に、玉子焼きで勝負だ」

そうして一色色葉は橙色の長髪を振り、自分の席に戻る。

子百合と目があった。眉をひそめて僕に助けを求めているようだった。

すう、と僕は息を吸い込む。

なるほど、これはとんでもないことになった。それだけはきちんと認識した。


そうして、いつものようにモスバーガー。

子百合が僕を心配する声をあげる。

「なんか、最近、痩せた?」

「そう? 晩御飯を犠牲にして買った間食さえも食べられないからかな?」

「それは、大変」

小無子百合はどうやらモスバーガーのポテトが大のお気に入りらしく、いつも僕のポテトまで欲しがる。しかし僕が痩せた理由を聞いても他人事っていうのがクールでいいよ! ……いいよ。

そんなわけで今日も僕は子百合と作戦会議をしていた。

「それで、一色のことだけど。料理勝負って普通にやらせてもいいの?」

「だめ」

うん。なんとなく分かっていた。勝負を申し込まれた結月が最初渋ったあたりでもう分かっていた。

「それで、なんでだめなの?」

「……あんまり」

「あんまり?」

子百合と話すのは慣れてきたけど、それでもたまに分からないことがある。特に向こうに説明を求めるとき。一語で返されても正直分からない。

「あんまり……おかし……」

しかし、一生懸命伝えてくれる彼女の言葉を何とかして読み取りたい。僕は頭をフル稼働させる。

——つまり。

「子百合はあんまり体に自信がなく、おかしいところがあるかもしれないと不安になっている。そこで信頼できる僕に体のチェックをしてもらいたいってわけだね」

「違う」

「ごめんね。だけど、最近は女子小学生に挨拶しただけでも警察に連れて行かれちゃうご時世なんだ。僕はまだ捕まるわけにはいかない。本当にすまない」

「私、小学生、じゃない」

「だからもう少し大きくなってからでもいいかな？　そうしたら必ず――」

「……セクハラ」

「うっ」

　これ以上続けると逮捕されそうだったので、僕は続きを押しとどめる。

「まず、料理の、話じゃ、なくなってる」

「そういえばそうだね……。つまり僕のありあまる想像力で既存の枠を飛び出したってことだよ。新たな可能性を感じるでしょ」

「綺麗な、感じで、まとめないで」

「ごめんなさい」

「……ふう」

　子百合はため息をついてからノートを取り出して一瞬にして全てを書き記し、半回転させて僕に渡す。

　……本当、どうなっているの、その腕。

『結月ちゃんと一緒に調理実習をしたことがある。それでオムライスを作った。結局私はあまりすることがなくて結月ちゃんが全部作ったようなもの。見た目がすごく綺麗で、売っている商品みたいだった。だけど、味は正直、あんまりおいしくない。でも、お菓子ならすごく得意。ハート型とか焼き加減で色付けしたりしてすごく綺麗だしおいしい』

　そこか。「あんまりおいしくない」の「あんまり」だけをさっき言ったのか。分かるはずがなかった。

　それで、お菓子が得意でも今回の勝負は玉子焼きだしな……。

「料理、別に苦手なわけじゃないんでしょ？」

「だけど、得意でも、ない」

「……なるほど」

　一色色葉が勝負をしかけたのは、テストで負けた腹いせだろう。というか、十番以内に一色入ってなかったけど、そんなに自信があったのかな。

料理には相当自信があるみたいだったけど、それもテストのように拍子抜け、みたいにならないだろうか。

……なるかもしれないが、ならないかもしれない。そこは不明瞭だ。そして不明瞭こそが問題だ。

万が一にも結月さんが負けるなんてことがあれば彼女の自信は崩れ去ってしまう。

「それに、勝負自体、ダメージ」

確かに結月さん、結構ダメージ受けているみたいだったな。勝負をしかけられるということ自体がストレスだし、不安なのだろう。今日の学級委員の仕事。書類をホッチキスで留める仕事だったのだけど、結月さんノールックホッチキスしてたし。

「だから、勝負、止めて」

「え？」

「止めて」

子百合は大きな瞳で僕を見つめる。

「それは、どうやって？」

彼女はノートを受け取り、再び書き記す。

『皆の前で、色葉ちゃんの料理を褒めればいい。そもそも色葉ちゃんが結月ちゃんに勝負を仕掛けるのは、自分を皆に認めてほしいからだと思う。いつも一人で寂しいからって結月ちゃんに勝負を仕掛けるなんて迷惑』

なんだか最後の方はただの悪口だった。

でも、確かにこの作戦はいいかもしれない。できるだけ大勢の前、そうだな、昼食の時がいい。その時に子百合が一色の料理を一口もらう。そして褒めちぎればきっと喜んでくれるだろう。その後一対一になったときに「勝負なんてしなくても、あなたの料理は世界一」と言えば完璧。料理勝負なんてやめてくれるだろう。

「それで、その作戦をいつ子百合が実行するの？」

「……？」

「やっぱり早い方がいいよね。明日とかさっそくやっちゃう？」

「……津弦くん」

「ん？　何？　別に今セクハラしてないよ？」

「そうじゃなくて、作戦実行するの、津弦くん」

「…………え？　なんで？」

　彼女は少し考えた後、ノートに手を伸ばす。そして一瞬にしてまるで浮かび上がるように文字を記す。

『私はいつも結月ちゃんと一緒にいる。色葉ちゃんと仲良くなる機会がない。それなのにいきなり教室でそんなことをしたら不自然過ぎる。もしかしたら、結月ちゃんが「自分を庇ってる」と感じて、作戦がバレてしまうかもしれない。だけど、あなたと結月ちゃんはいつも一緒にいるわけではない。色葉ちゃんと仲良くてもおかしくないし、皆の前で彼女の料理上手アピールをしても私ほど不自然じゃない。それに、私は皆の前で上手く喋れる自信がない。やっぱり、すごく不自然。津弦くんは皆の前で話すの、得意そうだし』

「どうして僕が皆の前で話すことが得意そうだと思うんだよ……」

「……顔とか、雰囲気」

「なんですかそれ」

　僕は想像してみた。自分が皆の前で「やっべー、超うまいよこれ！」と言う場面を。

「…………」

　結果、

「これぱかりは可愛い小学生のお願いでも聞けない」

「小学生、じゃない」

　彼女は少し頬を膨らませる。可愛い。可愛いけど本当これだけは無理。

　教室にいる約三十人の視線を浴びる。それが耐え難い。

　僕が無言でいると、やがて子百合が口を開いた。

「どうして」

「僕は、目立つのが嫌いなんだよ。これだけは、本当にごめん」

この時ばかりは本気だった。

彼女はしばらく僕の顔を見つめ、

「順位」

「……え？　何の？」

「この前、結果出た」

この出来事の発端。結月さんが一位だったあのテストの結果だろう。十位までが掲示板に貼り出されるあのテストの結果。

「僕は五十二位でした」

この結果は良くも悪くもなく、普通。目立たない数字だ。それが何とも僕らしい。

それを聞いて子百合は小さく息をついて視線を落とし、ノートに何かを記し始めた。

そしてそれを僕に突き出す。

『津弦くんは、良い人。勉強だって平均だし、小さな仕事だってちゃんとこなしてる。それなのにどうしてそれをアピールしないの？　津弦くんは損してる』

僕は苦笑いするしかなかった。

「損はしてないよ。僕は自分が好きでこうしてるんだから。それに、子百合は買いかぶり過ぎ。僕は普通の人だよ。物語があったのなら、絶対に主人公にはならない、そんな一般人だよ。そしてその一般人の中でも無意識にステルスになってしまうくらいだし……ごめんね。だから、できないこともあるんだ。むしろ、ほとんどのことができない」

「……」

彼女は少し悲しそうな顔をしている。僕は申し訳なくなり、ついにこの作戦の大きな穴を指摘することにした。

「それによく考えたら一色っていつも購買のパンだからこの作戦無理だよ」

「……あっ」

子百合も気付いたようで、恥ずかしそうに目を逸らしてしまった。

「じゃあこうしよう、子百合」

何にせよ、一色色葉をこのままにしておくのが良くないことは確かだ。

だから僕らしく、目立たない方法でやっていこう。

「幸い、まだ勝負まで時間はある。一色に近づいて、説得する」

「……できるの」

一色の性格を考えると、少しやっかいそうだが、やるしかない。

「できるさ」

「じゃあ、お願い。私も何か、考えてみる」

子百合は手に付着したポテトの油を紙でふき取りながらそう言った。

ストーカーは犯罪だ。

そんなことは一般常識である。つきまとわれる方は恐怖するだろう。被害者の気持ちを考えただけでも僕も身震いしてしまう。本当に最低な犯罪だと思う。

ここで百八十度、全く話が変わるんだけど、僕はこの二日間徹底的に一色色葉を調べ回った。主に本人をずっと観察することによって。ステルス潜航って役に立つよね。

残念ながら吉岡も彼女についての情報は全く持っていないらしく、こうするしか方法がなかったのである。

ちなみに今。ここは西棟の校舎裏である。

校舎によって春の日差しが遮られ、等間隔に植えられた木が物寂しそうにしていた。街が斜陽を浴びて閑散とした雰囲気を漂わせている。

僕がなぜこんな場所で渋いポーズを取っているかと言うと、ちょっと雰囲気に酔っているというのと、一色色葉を呼び出したからである。

手紙を机の中に入れておいた。きっと今頃気付いて焦っているだろう。

内容は、こうだ。

『初めまして。日陰井津弦です。実は同じクラスなんですよ。驚いたでしょう。

実は僕、最近ずっと一色さんのことを見ていました。目が離せなかったんです。だから、結構あなたのこと他の人より知っている自信があります。

それで、大事なお話しがあります。もう、何のお話か分かりますよね？　どうか今日の放課後、西棟の校舎裏に来てください。待っています』

我ながら見事な脅迫文である。

僕は子百合との話し合いから考えた。どうやったら結月との勝負を取りやめてくれるのか。彼女は見る限り強情っぽい。素直にお願いしてもダメだろう。

それだったら弱みを握って脅すしかない。

確かに人間として最低な方法である。僕も「さすがにこれをやったらゴキブリかな」と思ったけど、仕方ない。来世はゴキブリになるので許してください。

ゴキブリっていつも物陰に隠れてるし、今の僕とそんなに変わらないかもな、いやさすがにそれは否定したい、とか思っていると、人影が向こうからやってくるのに気が付いた。

「………」

逆光で少々分かりにくいが、あの明るい橙色の髪は一色色葉だ。

「……やあ」

距離二メートル程で彼女は歩みを止めた。

「日陰井津弦か？」

「そうだよ。一色」

「い、いきなり呼び捨てか」

「一色さん、の方がいい？」

「いや、どうせなら下の名前で……」

「色葉、でいいの？」

「ああ……」

何だか彼女の様子が少しおかしい。いつも「つまんね」みたいな表情で歩いているのに、今日は最初からどぎまぎしている。視線も落ち着かないし、頬も少し染まっている気がする。

「そ、それで？　私に何の用なんだ？　その、大事な用とかいうのは……少し、困るな」

何をぼそぼそと言っているのだろう。子百合みたいな感じかな。最近多いのか、こういう人。学級委員以外にも変わった人はいるもんだな。

「それでね、大事な話っていうのは――」

「ちょ、ちょっと待ってくれ！」

「え？」

「ま、まだ心の準備が……その、初めての経験なのでな」

確かに普通は脅されるなんて初めての経験だろう。僕も少し良心が痛んだ。彼女の精神状態を変えてしまうほど恐ろしい脅迫状を書いてしまった。……でも、ここは心を鬼にしてがんばろう。

「もう大丈夫？」

「あ、あぁ……」

そう言うと、色葉は胸に手を当てて熱っぽい視線で僕を見つめてくる。

くっ……！　そうやって可愛さを見せつける作戦か！　確かに僕の善心がきりきりと痛む。だけどこれは結月さんのためなんだ。僕は心の鬼に棍棒を持たせた。

「……色葉。僕はずっと君を見ていた」

「わ、わざわざ言うな、恥ずかしいだろ……」

ぐはぁっ！　上目遣いとかキュンとくるようなことばかりしやがって！　でも僕の決意は変わらないぞ。無事にここを切り抜けて子百合に頭なでなでしてもらうんだ！　頭撫でている時の子百合はすごく可愛いんだぞ。勝てると思ってるのか。

「この二日間、君を調べつくしたと言ってもいい。もう、はっきり言うよ。一色色葉。君は、ラノベオタクだろ！」

「……は？」

「とぼけても無駄だ。君が大量にラノベを買っているのは知っている。証拠写真だってあるんだぞ！　このことを皆にバラされたくなかったら椿原結月さんに申し込んだ料理勝負を無かったことにするんだな！」

「……え？　は？　はい？」

　やり切った……。

　彼女はもうイエスしか答えがない。自分がオタクだと言うことがバレるなんて恥ずかしいだろう。僕もベッドの下のラノベコレクション見られたらその場で切腹するし。

「……そういう、ことか」

　彼女は僕の情報収集力に恐れをなしたのだろう、肩を震わせている。そしてポケットから取り出される僕の脅迫状。百円で買ったかわいい便箋だ。僕のセンスが光っているそれを――、

「このおおおぉぉぉ！」

　彼女はびりびりに破り捨てた。

「なっ！」

「やめろって！　散らばった紙を片づけるのがどれほど大変か知ってるのか！　いつもここの掃除するのは僕なんだぞ！」

「うるさい！　お前のことなんか知らん！　馬鹿！　ハゲ！」

「まだ禿てないし！　まだ禿てないし！」

「うっさいうっさい！　お前なんか……存在感のない……陰の薄い日陰野郎だ！」

　彼女は伏せていた顔を上げる。

「……え」

　きっ、と僕を睨みつけるその瞳には――涙が浮かんでいた。

「ばーかばーか！」

「えっ……ご、ごめん。色葉、そんなに怖がらせるつもりはなかったんだ」

僕は何か取り返しのつかないようなことをしてしまった気がした。

「怖がらせるってなんだ！　今までのどこに怖がるところがあるんだ」

「え……？　いや、その脅迫状で」

「はあ……」

あれ、何かすれ違いがあるような。

「もういい、帰る」

彼女は踵を返して力なくよたよたと去ろうとする。

「悪かった。本当にごめん。何か分からないけど、別に泣かせるつもりなんてなかったんだよ」

「私のドキドキ返せよ、もう」

「ごめんって本当。だからそこまで怖がらせてドキドキさせる気なかったんだ」

僕は彼女を追いかける。

「待って。落ち着いて話、しよう？」

「私は帰ると言っただろ」

「お互い、何か勘違いしてるんだよ。ちゃんと話せば分かると思うんだ」

ここで彼女は立ち止まり、まだ涙を含んでいる瞳を僕に向けて言った。

「勘違いしてたのは私だけだ！　……もう帰る。明日の懇親会の準備もあるからな」

そう言って、彼女は去ってしまった。

明日は懇親会か。すっかり忘れていた。懇親会、ということはもう週末。週が明ければ料理対決。

なんだか余計に、料理対決の撤回から遠くなってしまった気がする。

4F
天狗
Shakey's
B1

僕はベッドに寝転んでも、色葉の顔が頭から離れなかった。

人を悲しませてしまった。それに伴う僕の感情は、中学のあの時と全く同じであった。期待に応えられず、信頼を裏切るする。僕はそんなことを二度としたくなかった。

「あぁ……」

僕はもやし栽培セットをただなんとなく見つめる。

こいつは暗いところでぬくぬくと育つ。僕の過去も見えないところで大きく育っているのかもしれない。

「こんなことしてても、しょうがないか」

今は、取りあえず色葉に謝ることを考えよう。

彼女は明日の懇親会に行くと言っていた。僕も行くんだし、うまく二人で話せる機会があればいいけど。

なんだっけ、吉岡によれば映画館とかファミレスに行くのだったっけ。

よし、どんなシチュエーションで謝るかを考えよう。

信用回復に努めなくては。

そして僕は、そのまま眠りについてしまった。


「んあ……?」

次に僕の意識が戻ったのは、ベッドの上だった。まぁ普通に寝ていたので当たり前だ。

僕は朦朧とする頭で今日は懇親会であることを思い出した。まぁ予定がある日なので当たり前だ。

集合時間は確か十時だったな、ここからなら十分前に出れば間に合うな、と脳内確認した。まぁ時間は大事なので当たり前だ。

時計を確認すると九時五十分だった。なんかこれだけ当たり前じゃなかった。

「ぜえ……ぜえ……！」

僕が命を削りながら集合場所の駅前に愛チャリで到着すると、既に皆はいなかった。

集団誘拐の可能性も考えたけど、僕の存在を忘れて「よし、皆揃ったか！」と言って出発してしまう方が現実的だと思いました、まる。

取り敢えず吉岡、安田当たりに『今どこー？　僕のこと忘れてるよー』とメールしておいた。『ねえ、僕忘れてるよ！』だけだと、ちょっとウザいし『今どこ？』だけだと何言ってんだこいつ、と思われて返信してくれないかもしれないと思ったからである。簡潔なメールでも一言じゃなくて二言入れる。返信が五分以内に来ること請け合い！

……とりあえず返事は来なかったので、僕はこれからどうしようか思い悩んだ。

どうせ駅前まで来たんだし、このまま帰るのは悔しい。

――いや、そうじゃなかった。

僕は今日、色葉に謝ろうと思っていたんだ。そのために映画館で謝る方法四十八手を考えてきた。別に下ネタじゃない。

これを生かすためにはやはり懇親会に合流するしかない。

僕は返事が来ていないかともう一度携帯を取り出すと――、新着メール一件。

僕は荒ぶる手さばきでメールを開くと、

「椿原結月……さん」

彼女からメールをもらうのは初めてだ。

『日陰井くん。今日はあなた、来る予定じゃなかったかしら？』

そんなに僕に来てほしいのか！　結月さんも可愛いところがあるじゃないか。と一瞬現実逃避した。普通に考えて皆の出欠をとっているのだろう。

今回はクラスの行事ではあるが、主催者は吉岡だ。彼が出欠管理しているはず。それとも吉岡と結月さんが二人で協力して確認しいてるのかな？　……それはないか。吉岡は結月さんのことをあまり好ましく思っていないみたいだし。

僕はとりあえず、

『寝坊しちゃいました。合流したいんだけど、予定教えてくれる？』

　と返信した。

　返事を待つ間、どうしようかな。こんなんじゃ本でも持って来ればよかったなと思っていると、

「はぁ……はぁ……」

　そこには一色色葉がいた。息を切らしているところから見ると、走ってきたようだ。

　僕はファッションについては男性女性共にあまり詳しくないのだが、ちょっとしたヒールを履き、少々のフリルが施された膝上スカート、カーディガンを着用しているあたり、走るのは大変だったのだろう。

　で、ここで一つ問題があるわけなんだけど、

「色葉、こんなところで何やってるの？　懇親会に行くんじゃなかったの？」

「え!?　あっ、津弦か。お前こそ懇親会はどうした？　皆はどこだ？」

「……皆はもう行っちゃったみたいだよ。僕は遅刻して、今来たところなんだ」

「……えっ」

「うん、残念だね」

「そんな……」

　色葉はがっくりしている。

　この様子から見る限り、彼女も遅刻をし、置いて行かれてしまったのだろう。誰も「あの、まだ色葉ちゃんが来てないんだけど」って言ってくれる友人がいないんだな。

うわ、心が痛い……。

　というか、僕も同じ境遇じゃないか。……ち、ちげーし！　これ汗だし、目から汗が出たんだし。

「あーもう、なんで置いてくんだよ……。意を決して参加したのに」

　彼女の精神ダメージは思いのほか大きいらしい。

「でも大丈夫。そのうち結月さんからメールが――」

「んー！」

「んー……？」

「昨日からなんかもやもやする！」

色葉はひとしきり伸びをした後、僕の腕を掴んで満面の笑みを向けてくる。

「あの……？」

「今日は一日遊びぬく！」

「あれ？　ちょっと、えっ」

そして彼女は走り出した。

……あの、僕の愛チャリ置きっぱなしなんだけど、とは言えずに僕は彼女に引きずられるがままであった。

最初に連れてこられたのは映画館だ。

「津弦、何か要望あるか？」

「そうだな。ラブストーリーかな」

僕なりに空気を読んだつもりだ。

「よし、じゃあアニメな」

「どうして⁉」

「ＳＦアクションのアニメだ。これおもしろそう」

「僕に要望聞いた意味は⁉」

ことごとく無視され、僕は結局そのＳＦアクションを観た。正直結構おもしろかったから満足だ。

「あぁ、よかったな。まさか犯人が親友だなんて……胸が熱くなったよ。色葉はどうだった？」

「次はゲームセンターに行こう」

余韻に浸る暇もなかった。

ゲームセンターは映画館に併設されているので引きずり回されずに済んだ。引き回しの刑は苦しいからね。

「津弦、はいこれ」

「え？　銃？」

「もう始まるから」

「ちょ、ちょっと」

どきまぎしている間もなく僕はゾンビと戦う日々に明け暮れた。体感時間的には四日は経っている。僕は即刻死んでしまい、色葉が一人、ワンゲームでクリアしたのだ。ほとんど観戦していたから長かったんです、ええ。

「次はあれだ！」

「はいはい」

それからは本当に遊び倒した。

例えばバスケゲームで、

「待って！　どうして僕のボール取るの！」

「この世は常に搾取の歴史なんだぞ」

例えば音ゲーのセッションで、

「一人でギター二本やるなら僕いらないよね」

「ほら、観客がいないと盛り上がらないだろ？」

例えばクイズゲームで、

「違うって！　絶対にアメリカの首都はニューヨークじゃないよ！　ツッコミきれないよ！」

「やって見なきゃ分からない」

例えばプリクラで、

「ねぇ、千手観音やるのはいいんだけどさ。これ僕写ってないよね？」

「後でラクガキで津弦を手書きしてあげるぞ」

このように遊んだ。これら以外にも彼女の名言は数多く飛び出したことをここに記しておく。多分今日一日で一色色葉の名言集が出版できると思う。

その後、ゲーセンは遊びつくしたということで、今度は本屋に行くことになった。

いいね、静かに本と向き合おう。僕も気になる本あったし。

「これ持ってて」

「あ、うん」

彼女に渡されるラノベの新刊。

「これもおもしろそうだな……津弦、これも持って」

「うん、いいけど……」

うん。これが二十回ぐらい繰り返されたと言えば分かりやすいかな。おかげでいい筋トレになった。

そして、そんな時間も長くは続かず。

「今日は本当、たくさん遊んだな、津弦」

「そうだね。三日間眠り続けても大丈夫なくらい遊んだね」

僕と色葉は近くの公園のベンチで休んでいた。色葉の隣には購入した大量のラノベが袋に詰めて置かれている。

「何言ってんだ。一か月以内にまた遊びに行くぞ！」

色葉は無邪気に笑顔を振りまく。

心の底から楽しんでいるような表情を、今日何回か見ることができた。いつもつまらなそうにしている彼女がこんな風に楽しんでくれて僕は満足した。

そして――そんな素敵な笑顔が、少しだけ子供に対応する結月さんのものと重なった。

「あー、つかれたな……」

「……」

今しかない。今までは遊ぶことに一生懸命過ぎて本題を切り出す隙がなかった。

僕は今日、謝ろうと思っていたのだ。

「あのさ、色葉」

「ん？　何だ？」

彼女のオレンジの髪がオレンジの夕陽に照らされてより一層輝きを増していた。

「昨日は、ごめん。その、泣かせる気はなかったんだ」

僕が頭を下げると、彼女は苦笑いをする。

「いいんだ。家に帰って冷静になって考えてみたら、私がただ勘違いしてただけだから」

「勘違い？」

「あ、ああ……」

「どんな風に？」

「そ、それは！　……告白されるのかと思ったんだよ」

「ん？」

告白……？

僕は脅迫状の内容を思い出してみた。

「あ……れ……？」

そう言われるとどう見てもラブレターにしか思えなくなるから不思議。

これは、もしかして。

——乙女の純情を踏みにじってしまった。

色葉は恥ずかしそうに顔を赤らめている。それとも夕陽でそう見えるだけかな。

「その、それは、本当にごめんなさい」

「本当だぞ、ややこしいことしやがって……まぁでもいいんだ。怒ってないから」

「それならいいんだけど……」

　確かに彼女は自分を嘲るように少し笑うばかりで、僕に対しての怒りはないようだった。僕の予定では、もう一度彼女が泣きはじめ、それを僕が男らしく抱擁するという計画だったんだけど、結果オーライだ。

「……それでさ」

　ここで、もう一つお願いがあった。今はなんとなく良い雰囲気だ。今ならばきっとある程度のお願いは聞き入れてくれるだろう。雰囲気って、大事。

「料理対決、できたら取り下げてもらいたいんだけど」

「それは、できないな」

　……あれ？

「あの、えっと、料理対決……」

「続行だ」

　あれあれ？

「なんでそこまで料理対決したいの？」

「そんなのは決まってる。椿原結月に勝ってあのポジションを我が物にしたいからだ」

「ポジション……？」

「そうだ。あいつは今クラスで吉岡というやつと並ぶくらいの中心人物だろう？」

　吉岡は昼休みとか放課後に、やたら騒いでいて存在感がある。しかし、それと同じくらい結月さんも静かな存在感を潜めているのだ。

「椿原結月は容姿端麗、頭脳明晰、運動神経抜群、信頼も厚く、正義感もある。……だけどな、本来それは私のはずなんだ！」

「………」

　すいません！　通訳の方いらっしゃいませんかー！

「私だって結構可愛い方だと思うし、頭も……うん。運動だってできる！」

頭はどうなの、ねえ。

「それなのに、どうして私じゃだめなんだ。皆にちやほや持てはやされ密かにファンクラブが出来るのは、別に私でもいいじゃないか！　いや、私の方がふさわしいと思うんだ。うんうん」

「……えっと、つまり結月さんの立場を奪って自分のものにしたいから料理対決を申し込んだ、ってこと？」

「そうだ」

驚くほど正直だ。

「そっか……。とりあえず結月さんのファンクラブの会長教えてくれる？　僕も入りたいからさ」

「お前もか！　お前も椿原結月がいいのか！」

「ファンクラブだからね。もしかしたら結月さん眼鏡なしバージョンの写真を売ってくれるかもしれない……！」

「そんなのはいい！　私が私のファンクラブを作るからそっちに入れ！」

「うわあ、それすごく残念な気持ちになるよ」

「う、うるさい！」

「でも……」

「うん？」

彼女は皆にちやほやされたいだけなのだろう。もし、ちやほやされる状況が今おとずれたら料理対決は取りやめてくれるかもしれない。

「じゃあ、君のファンクラブ入るよ」

「ほ、本当か……？」

「うん。会員ナンバー1だよ！」

色葉はぱあっと明るい表情になった。表情がころころと変わり、まるで子供のようだなと思った。

「そうか！　それじゃあいついかなる時も私の命令を絶対に聞いてくれるんだな！」

「……うん？」

あれ、ファンクラブ会員って人権ないんだっけ？

「津弦は気概がありそうだし安心だな。よし、もっと会員を集めよう」

「そ、そうだね。これから色葉のファンクラブ会員を募ってみるよ。きっと皆入ってくれる」

「そうだな。これで椿原結月に勝ったらもっと入ってくれるな」

「……あれ？」

「なんだその顔は。当たり前だろう」

「だから僕が会員集めるからさ」

「それだけじゃダメだ。私が椿原結月に勝たないと。テストでは負けてしまったが、別になんだっていい。何かあいつに勝てれば完璧を崩せる。そうしたらあいつの今の立場は無くなって、向こうのファンクラブの人員がこっちにどっと押し寄せるぞ。きっと百人の男子から告白される日も近い。ほら、この『ワールド・ガール』みたいに！」

彼女は先ほど買ったラノベの中の一冊を取り出して、表紙を僕に見せてくる。

きっとこの『ワールド・ガール』という話は主人公女子がモテモテになる話なのだろう。

「……君は」

「うん？」

僕は、少しいらだっていた。

「君は、ただ結月さんを貶めたいだけなんじゃないの？」

「そ、そんなことは……」

彼女はただ自分がちやほやされるだけでは嫌なのだ。邪魔な結月さんという存在を消し去った上でのそれにしか興味がない。

「……確かに色葉の言う通り、料理対決で君が勝てれば結月さんの立場はなくなると思うよ」

「そうだろう？　よし、今日も卵焼きの練習だ」

「だけどさ、君が勝って、結月さんの立場になったとしてもうまくいかないと思う」

「うん……？　どういうことだ？」

彼女は少し怪訝そうな表情をして、僕を覗き込んでいる。

僕のいらいらは少しずつ胸の中で膨張していった。

「君は彼女を貶めて、自分が成り上がることばかり考えてる。そんな人にリーダーが務まるわけないよ」

「そんなことない。頑張れば私にだってあれくらいの雑務はできる」

「雑務とか、そういうことじゃないんだよ。リーダーという立場。大きな責任が伴ってくる。それを背負い込まなくちゃいけないんだ。皆をまとめるためなら、本当の自分をも隠して堂々としなくちゃならない」

「だから、それくらい私にだってできる。ただ皆の前で話したりすればいいだけだろう？」

その考え方が、昔の僕とかぶった。僕がいらいらしているのは、やっぱり昔の自分になんだろう。同族嫌悪。

「どうして分かってくれないんだよ。色葉、リーダーはすごく大変なんだよ」

「でも私にだってできる」

「それは甘く見過ぎだよ」

僕と同じ結果を迎える気がしてならなかった。

「色葉はリーダーの器じゃない」

「そんなことない！」

「料理対決だって絶対に勝てる訳ない。噛ませ犬になるだけだよ。やめた方がいい」

「噛ませ犬なんかにならない！　勝てる！　勝ってみせる！」

「……無理だよ。例え料理対決で勝てても、結月さんには勝てない」

「なんでそんなこと言うんだ！　……ばか！　ばーか！」

色葉は立ち上がって僕に暴言を浴びせると、荷物を持って走り去ってしまった。

僕は何やってるんだろう。これじゃ、料理対決を取り下げてもらう事なんてもうできないじゃないか。

その後、僕は取り敢えず、もう説得は無理そうであることをメールで子百合に伝えた。

「やあ、おはよう。今日も良い天気だね、色葉」

「……うるさい」

だけど、諦めるのは良くないと携帯小説で学んだ僕は、月曜の朝、下駄箱で一色色葉を待ち伏せしていた。教室で話すと目立つから、教室に行くまでの廊下が勝負である。

「その、一昨日はごめん。なんだか地縛霊が僕に憑依したらしくて、思ってもない事を口にしちゃったんだ！」

「……ばか」

色葉の表情は暗いままだ。

「いや、うん。とにかくごめんね」

「……やだ」

どんな言葉を言っても一言でしか返してくれない。

「うん、実際あれは色葉のためを思って言った言葉なんだ。僕は色葉のファンクラブ1号だからね」

「……知らない」

はい。というわけでこれが朝の一部始終である。結果は完敗でした。


僕は申し訳なさでいっぱいになった。引き受けた仕事なのに、やり遂げられなかった。僕はとりあえず子百合を授業間の休み時間に西棟の階段に呼び出した。

「本当にごめん。あんなに大口叩いてたのに説得できなくて」

僕がそう言うと、子百合は責めるでもなく、ふわりと微笑んだ。

彼女は一段階段を上り、それでも背伸びして、

「大丈夫。こっちこそ、無理言って、ごめん、なさい」

と、僕の頭をぽふぽふしてくれた。なんだか申し訳なさが加速した。

「本当にごめん。……それで、何か代わりの策はあるの？」

「任せて」

子百合はうっすらと笑みを浮かべ、そのまま階段を上って行った。


そして、運命の放課後。

この日は部活に行く連中も、皆教室に残っていた。他クラスからも見物人が詰めかけている。

誰だよこんなに宣伝したのは……。

「ほら、一組だって！　早く来いよ！」

そう言ってさらに人を集めてくるのは吉岡。君のせいかよ。

色葉は結月さんの前に立ちはだかる。もはや見慣れた光景であった。

「ちゃんと卵焼き作ってきたか？」

「もちろんよ。当たり前じゃない」

そう言って結月さんは鞄からピンクの小さなタッパーケースを取り出した。

「逃げなかったことは褒めてやろう」

「逃げるわけないじゃないの」

既に視線でバトルが始まっていた。

「ルール」

ここで子百合が二人にノートを広げて見せた。

そこには、

『公平性を保つため、私が誰もいない別の教室でお皿に盛る。お皿にはAとBの札を付けて、二人にはこっそりどちらが自分のものかを教える。そして審査員は、味にうるさいと評判の麻呂先輩を起用した。これで大丈夫？』

さすがは子百合だ。下準備はばっちりらしい。てっきり僕は朴念仁である和久が審査員を務めるのかと思っていたのだが、確かにそれでは学級委員寄りになってしまうかもしれない。

　どこまでも公平性を考えたルールだ。

　結月さんと色葉の二人もこのルールを承諾する。

　……でも、あの子百合さん？　これじゃ普通に料理対決じゃないですか。

「それじゃ、二人、タッパー」

　子百合が両手を出すと、その上にそれぞれのタッパーを乗せる。

「いいのか？　私と勝負したら負けは決定したようなものだぞ？」

「何を言ってるのかしら。言っておくけど私は料理も趣味なのよ？」

　この言葉に場が湧く。

「で、でたー！　椿原結月の趣味発言！」「何その趣味発言って」「知らないのかお前。趣味と言いながらもプロレベルなんだよ」

「何それ！　すげぇ！」

　そんな伝説もあるのかよ。

　結月さんは不敵に微笑んだ。

「あなたこそいいのかしら？　辞退するのなら今のうちよ？」

「するわけないだろ。ところでそっち、毒見役はいなくていいのか？　審査員を殺さないようにな」

「……むしろおいし過ぎて昇天してしまうかもしれないわね」

「な、何いってるんだか」

　どんな挑発をしてもはらりとかわされてしまっている。これが格の違いなのか。

　うん、色葉がすごく、噛ませ犬っぽいです。

「それじゃ、ちょっと、待ってて」

　そう言い、子百合は教室から出て行く。お皿に盛るのだからおそらく家庭科室だろう。

「……大体あんたの態度が気に食わないんだ！　いつもクールを装って」

「別に装ってないわよ。特に心を乱すことも起きないから普通にしているだけ」

おおー、と観衆が再び盛り上がる。

「こ、このキツネ目！」

「キツネは稲荷神の眷属とされて神聖視されていたのよ。褒めてくれてありがとう」

二人の仲良しな会話を聞いているうちに、子百合が二つの皿を手にして戻ってきた。ついでに後ろにもう一人……。

「私が審査員の麻呂ザマス。よろしくザマス」

「……」

横綱がやってきた。これ以上の説明はいらないだろう。

「それじゃ、審査、始める」

子百合は二つの机にそれぞれの皿を置き、真ん中に横綱を座らせた。言うまでもないが椅子は二つ必要であった。

「耳、貸して」

そして二人に耳打ちをする。どちらの皿が自分のものかを教えているのだろう。それにしても、背伸びして耳打ちしている姿、可愛過ぎるだろ。僕も後でやってもらおう。

「先輩、お願い、します」

「分かったザマス」

どんな口調だよ、と誰かつっこめばこれやめてくれるのかなと思いながら事の成り行きを見守る。

僕の予想だと、おそらくこのザマス横綱を買収してあるのだろう。

とにかく、子百合を信じて見守るしかない。

先輩はポケットからマイ箸を取り出し、一口大にそれらを切り取る。

見た目はどちらも同じくらい綺麗だ。素人目には違いが分からない。

そして、Aの卵焼きから口に入れた。全然関係ないけど大きなスライムが小さなスライムを吸収する図が思い浮かんだ。

「……口の中に入れた途端広がる甘み。そしてこの口どけの良さ。まるで羽毛布団が私を包んでいるよう……きめ細やかな卵生地にしっかり味が乗っている。まさにミュージカルゥウゥ！」

誰だよこの人。ザマス言葉どこいったんだよ。

上がった息を整え、今度はBの卵焼きを口に入れる。

「……んん、鼻に抜ける上品な塩味。香ばしい風味と卵が上手く調和している。まるで澄んだ青いビーチにいるよう……絶妙な焼き加減に塩味のパンチが乗っている。まさにミュージカルゥウゥ！」

どっちもミュージカルなのかよ。ビーチどこいったんだよ。

教室は騒然としている。皆、ジャッジを待っているのだろう。

「悩むザマスね。悩むザマスけど……やっぱり、こっちの方が一味上ザマス！」

そう言い、横綱が掲げたのはAの皿であった。

「そ、そんなっ！」

そう言い、顔面蒼白になっているのは——一色色葉だ。

「…………」

一方結月さんは何のリアクションも見せない。いつもの彼女なら「当たり前でしょう」くらいの一言があってもいいものだが……勝者の余裕なのだろうか。

「やっぱり椿原結月の勝ちか」「あー、俺大穴狙いで賭けてたのになぁ」「ばかだな、あの椿原結月だぞ？　万が一にも負けるわけないだろ」「椿原ってなんでも出来るんだな」「本当すげーよ！」「やっぱ出来ないことなんか無いのかな」「俺らとは住む世界が違うんだよ」

教室は最大の盛り上がりを見せる。

それで、一体どうやったのだろう。この先輩を買収した、で合っているのかな。

僕は子百合に目配せする。彼女は僕の視線の意味を汲み取り、携帯電話を取り出してメールを打ち始——僕の携帯がポケットの中で振動する。そう、小無子百合は筆記だけじゃなく携帯の打ち込みも早いのだ。

僕はさっそく内容を確認する。

『私は昨日、有名な卵焼きのお店に行って卵焼きを買ってきた。さっきお皿に移しに行った時、結月ちゃんの卵焼きと買ってきたものを入れ替えた。結月ちゃんの卵焼きは私が食べた。おいしかった。でもミュージカルじゃなかったから入れ替えてよかった』

どんな卵焼きもミュージカルじゃないと思うよ。

というか入れ替えたのか。……確かに結月さんは勝ったけど、さ。

どうなのだろうか。

僕の心の中に何か黒いものが侵入してくるのが分かった。

「そんなはずない。私が負けるだなんて！」

色葉は結月さんの卵焼きを口に入れた。そして咀嚼して、飲み込む。

「………」

彼女は悔しそうに徐々に涙を滲ませた。

おいしかったのだろう。そりゃあプロが作ったものだし。

「……帰る」

終いには僕の手を乱暴に掴んでこの発言。

「……え？　あの、この手は――」

「帰る！」

分かった。帰るのはいいよ。

だけどそれと僕の手を掴むのは関係ないんじゃないかな？　ん？

「え？　なに？」「日陰井って……」「そういう感じだったのあそこ」「俺、朝あいつらが玄関で喋ってるの見たぜ」

皆の注目が集まると共に、僕の全身に鳥肌が立った。呼吸が一瞬にして荒くなる。

これやるなら誰も見てないところでやってくれよ……。

彼女はそんな僕の心の声を読み取ることもなく、自分の鞄を持って教室から出て行った。

……僕を引きずって。


「………」

卵を焼く音だけがこの空間に響いている。

僕は食卓に座っていて、向かって右に併設されている台所では一色色葉が卵焼きを量産していた。

「この、このっ」

まるで両親の仇のように量産していた。

ここは一色家である。幸か不幸か彼女の両親は共働きらしく、この家には現在、僕ら二人である。

「……はい、出来た」

「う、うん」

僕に提供される卵焼き。これで十三皿目である。

「早く食べて」

「はい」

僕は不機嫌顔の彼女に圧倒されて、作られたそれを口の中に運ぶ。

うん、おいしいよ。ミュージカルだよ。

でもさ、どんなにおいしいものでも十三皿も食べたらさすがに飽きる。僕は豆もやし炒めが大好きだけど、さすがに十三皿も食べれない。

「どう？　おいしいか？」

「うん。おいしいよ」

「嘘だ！　おいしかったらもっとこう、にっこりするはずだ！」

「お、おいしいよ」

にこり。

僕が今できる最高の笑顔を演出した。多分どんなにがんばっても苦笑いしかできていない。だって十三皿って。やばいよコレステロール。まさかこの年でコレステロール気にするとは思わなかったよ。

「私に気を遣うな！　……もう一回作る！」

彼女は台所に戻ろうとする。このサイクルあと何周するんですか……。

確かに黄色のエプロン姿はとても魅力的でもっと見ていたい。だけど、とにかく限界だ。

「大丈夫、本当においしいから」

僕は色葉の手を掴んで台所へ行くのを阻止する。

すると彼女はきっ、と振り返った。

「じゃあなんでそんなに表情が暗いんだ。表面は笑顔でも本心は隠せないぞ」

「これは料理の味のせいじゃないよ。量のせいだよ……」

「そんなこと言って私の卵焼き食べたくないだけなんだろ！」

「違うよ。そんなんじゃない」

「やっぱり椿原結月がいいのか」

「今そんな話してないよ」

「……ファンクラブ入るって言ってたのに！　この嘘つき！」

彼女は涙を浮かべ、僕の手を振りほどく。そして僕にエプロンを投げつけ、リビングの隣の部屋——おそらく彼女の自室に籠ってしまった。

「……はあ。これは、どうしたらいいんだ」

彼女という存在がいたことがない僕は、こんな時にどうするべきなのか良く分からなかった。女性問題は吉岡が慣れていそうなので彼にでも相談したいところなのだが、この問題は話せそうにないし……。

僕はとりあえず立ち上がる。

すると、台所にちらりと卵が見えた。すでに十四皿目作ろうとしてたのか……。

まぁ食べさせてもらったんだし片付けぐらいは、ね。味は本当に悪くなかった。というか普通にうまかった。料理が得意なのだろうか。手つきも慣れていたし。

僕は玉子焼きプレートを台所に入れ水に漬け、卵を手に持って冷蔵庫を開けた。

「……あ」

卵。

思わず声が漏れた。

そこには大量の卵卵卵卵卵卵。

「これって」

あの味も、手つきも、全て練習で……。この短期間でいくつ卵焼きを作り、いくつ焦がしたのだろう。いくつ砂糖を入れ過ぎて、いくつ形を崩したのだろう。

そうして、何度心が折れそうになって、何度投げ出したのだろうか。

「……………」

僕は視線を落とし、息をこぼしてから卵を戻した。

そして先ほど彼女が閉じこもってしまった部屋の戸を叩く。

「ねえ、色葉」

「……うるさい」

「入っていい？」

「……だめ」

完全に朝のモードである。

この部屋には鍵穴はないようだ。だから入ろうと思えば入れるのだろう。だけど、結月さんが生徒会準備室に入った時とは違う。ここは乙女の部屋である。勝手に入るのはいかがなものか。

「うーむ……」

僕が腕を組んで扉の前で硬直してから三分ほどが経つと、
ガチャリ。

急にドアが開いて色葉が顔を出した。

「……ん」

彼女は顔を赤らめ僕から目を逸らし、部屋に入るように指図した。

「いいの？」

「……うん」

さっきダメって言ったのにな。気分でころころと態度が変わり過ぎて、僕はただ翻弄されるばかり。

取り敢えず彼女の部屋に入ると、ローテーブルと座椅子、勉強机、本棚、ベッドが綺麗に配置されていた。まるで平城京の様に全てが直角に区分されている。

「あの、色葉さーん？」

僕は取り敢えず座椅子に座った。一方彼女はすぐにベッドに入り、布団でぐるぐるお化けになっていた。膨らみから、中で女の子座りをしていることが予想できる。

座椅子がベッドとは直角に備え付けられているため、僕は首だけをベッドに向ける。しかしその視線は彼女には届かない。この位置関係、中学の頃に学んだねじれの位置だな、と、なぜかそんなことを思い出した。

色葉のがんばりは空回りして実らない。どうしてこんなにねじれているのだろう。

部屋に招いたくせに話す気がないなんて……。

僕はすることもなく、とりあえず部屋を見渡してみた。

家具の配置はきちっとなっているが、主に書籍でちらかっていた。ローテーブルにはファッション誌が開かれたままになっている。そこに載っているモデルの格好は、懇親会で彼女がしてきた格好と似ていた。

勉強机の上に備えられた書籍入れも確認してみる。

参考書がぎっしりと詰め込まれていた。しかもどれも真新しいような感じではなく角が折れていたり日で色落ちしていたりと、使い込んだ形跡がある。これだけの量の参考書をこんなにするまで勉強するには一体どれほどの勉強時間が必要なのだろうか。

「……」

本棚も覗いてみる。

上三列はラノベ。特に少女ものが多いようだった。その下三列はファッション誌、そのまた下二列には料理本などが並んでいる。

料理本、『卵焼き特集』『簡単！　誰でも綺麗に焼ける卵焼き』……卵焼きも文字がいくつも目に飛び込んでくる。

それを見て、僕は目を細める。

ただ、切なかった。

「色葉」

僕は思わず声を上げていた。

「……」

しかし、案の定返事はない。

僕は立ち上がり、ベッドの上のオブジェとなってしまった彼女を見つめた。

「よし、いくよ？」

僕は布団をがっつり掴み、それを思い切り引っ張る。

「あっ、だめっ」

彼女は布団に絡まっていたらしく、そのまま一回転し、ベッドから転げ落ちた。制服が最高に乱れていてパンツももしかして見えたかもしれないけど、僕はぐっとこらえて彼女の目を見つめ続けた。

「な、なんだよ……」

色葉は気まずそうに僕を見上げる。

「手、見せてよ」

「なんで、ちょっと」

僕は抵抗する間も与えずに色葉の手を掴む。

「は、恥ずかしいだろ！　なんだよ……」

その手の指先にはたくさんの絆創膏が乱暴に貼り付けられていた。

さっきから僕の心の黒い物は大きくなるばかりだ。それと共に僕は息苦しくなって、このまま継続することができなくなっていた。

「ごめん、色葉」

「なんで謝るんだよ」

「その……」

言葉がうまく繋がらない。言わなきゃいけないのに、僕はまだ躊躇しているんだ。それを色葉はどう汲み取ったのか分からないが、困ったように笑った。

「いいんだ。別に津弦のせいじゃない。私は努力してもできない。昔からそうだ。どんなにがんばって勉強してみても九十位だし、どんなにがんばって料理してみても勝てない。本当、津弦の言う通りに噛ませ犬になっちゃったな」

違う。そうじゃない。

「僕は……僕は、色葉と僕は似てるなと思ってた。懇親会で皆に置いて行かれちゃうところとか、気軽にリーダーになろうとするところとか。物語の主役じゃなくて、主役達ががんばれる舞台づくりをする立場なんだと思ってた」

色葉は顔を上げる。

「だけど、全然違った。僕は今の立場に満足して、適当に自虐的で、全てをやめて惰性でだらだらとしてる。……色葉は違うでしょ？　まだ何も諦めてない。努力をやめてない。僕ならとっくに諦めているんだよ……。噛ませ犬だなんて言ったけどそれは違う。違うんだよ。

色葉は……結月さんの立派なライバルなんだ」

彼女はその言葉を聞いて再び視線をそらしてしまった。

「だけど……結果的には噛ませ犬だったじゃないか。あんまり綺麗ごと言うなよ」

「それは…………違う。今日の勝負は——」

僕は高鳴る心臓を一度沈め、息を深く吸い込んだ。

人にショックなことを言うのはいつだって心が痛い。

「——仕組まれてたんだ。色葉が負けるようになってた」

「……？　どういうことだ？」

「結月さんは何も知らないし、不正をするような人じゃない。僕が勝手にやったことなんだ。僕がお店で卵焼きを買ってきて、結月さんのものと入れ替えた」

子百合のことは伏せた方がいいと思ったし、手を組んでいる時点で僕だって同罪だ。

僕はこの前、一色色葉に対して少しいらいらした。それは、彼女が自分の希望よりも結月さんを貶めることを優先して考えていたからだ。……そして、そんな心づもりでリーダーになろうとしていたからだ。

だけど僕らも、色葉を貶めただけじゃないか。

「本当にごめん」

彼女は今度こそもう顔を上げなかった。

「…………分かったから」

ただ辛そうにそう呟く。

「もう、分かった」

「…………」

僕は立ち去るしかなかった。

それからの日々は普通だった。吉岡はまた馬鹿なことばっかり言い、結月さんは美しく、子百合は小学生で、和久忠は熱血バカだった。

だけど一つだけ違うのは……、
僕が学級委員室に向けて足を運んでいると、向こうから一色色葉がやってきた。何も言わないのも何か変なので取り敢えず声をかけてみる。

「こ、こんにちは」

なんだよこんにちはって。

彼女はちらりとこちらを見る様子すらなく、そのまま歩いて行ってしまった。

うん、あれだよね！　無視だよね！　元気に言ってみても悲しいね！

僕はこのところ色葉に完全に無視されてしまっている。

しかし向こうがそういう態度を取るのも当然である。僕がそれなりのことをしたんだから。でもやっぱり彼女との関係をこれで終わりにはしたくない。なんとかして許してもらって、また一緒に遊びに行くくらいになりたい。

なにより、一緒に遊んだときのあの笑顔を知ってしまったから、今の一人でつまらなさそうにしている彼女を見るのが辛かった。

どうしたら、いいのだろうか。

一人で考えてもただ巡り巡って結局解決の糸口が掴めない。

誰かに相談できたらな……。

「ん……？　相談？」

そうだ。相談と言ったら、和久忠だ。今は放課後だし丁度いい。『なんでも相談室』を利用しよう。仲が良いのに一回も行ったことないし、いい機会だろう。

そして、僕は学級委員室に足を運ぶ。

しかしながら、

「なんだこれ……」

教室の入り口からずらりと続く列。

僕が扉を開こうとすると、並んでいる先頭の男子生徒が声をかけてきた。

「中に相談者が入ってるよ。何？　センパイに用事？」

「センパイ……？」

和久忠は僕と同じ一年である。後輩がいるわけがない。

「あれ？　君知らないの？　相談者は皆、尊敬の意を含めて彼のことをセンパイと呼ぶんだ」

なんだそれ、激しくややこしいな。

せっかくここまで来たんだ。少しだけ話をさせてもらいたい。

「ちょっと用事あるんだけど入っても大丈夫かな？」

「ん……まぁ緊急の用事ならしょうがないんじゃない？」

「そっか。じゃあ失礼するね」

僕はまるで緊急の用事ではないけど、扉を開いて中に入る。

すると、丁度話が終わったようで、相談者の少女が席を立ったところだった。

「……分かり、ました……」

学級委員室も生徒会準備室と構造は似ていて、机が少し小さいくらいの違いしかない。その奥に和久がいた。

「それじゃ、失礼します」

少女は俯いたまま僕に見向きもせずに出て行ってしまった。

「よう。津弦。オレになんか用か？」

「それより今の子、なんか様子おかしかったけど」

そう言うと彼は「あぁ……」と苦笑いして答える。

「告白されたんだよ」

「えぇっ⁉　告白⁉　僕が夢でさえも見たことがない、あの告白をされたんですか？」

「ああ？　そうだけど……。結構いるんだけどな、ちっと困るんだよ。さっきの子は確か、前にストーカー被害から助けてあげた子だな」

へえ、この街でストーカーなんて怖い犯罪が起きているんだなー。僕も気を付けよう。……もちろん被害に遭わないようにという意味でだよ。

「断っちゃったの？」

「まぁ、そうだな」

「なんで？」

「付き合ったとしてもオレ、バイトとかで忙しいしさ。なにしろ妹がうるさいから」

「それで、なんて言って断ったの？」

「え？　そりゃあ正直に、『妹がうるさいから』って……」

和久忠がシスコンであるという噂の大元を突き止めた気がした。

「それで、なんだ？　用があるんだろ？」

あぁ、そうだった。

僕がどこから話そうと思案していると、

「ちょっと、相談なら並ばなきゃだめだよ？　緊急だからっていれたんだから」

と、さっきの生徒が入ってきた。

「あ、いや、えっと」

と、僕がどぎまぎしていると入ってきた男子生徒が席について相談を始めてしまった。

和久も僕の方を向いて手を合わせ「すまん」と態度で示している。仕方ない。別の人に相談するか……。

「それで、最近兄との喧嘩が絶えなくてですね……」

僕が教室から出るとき、ちらりと相談内容が聞こえてきた。

家内の問題まで相談されてるのかよ。これは五十円もらわなきゃやってられないわ。

僕の場合は何円もらっても絶対にできそうにないけど。表立って直接手助けなんて、僕にはできない。誰かと真っ直ぐ衝突するなんて怖過ぎる。余程自分の芯が強くなければできることではないと思う。

その強さこそが和久の良さで、人柄なのだろう。

僕も事に真っ直ぐに向き合えたら、色葉に「無視しないでよ」と言えたら、何か変わるのだろうか。

僕も彼のように正面から人を手助けできたらな、と思った。


和久に悩みを相談できない代わりに僕は結月さんに相談することにした。したんだけど、

「それで、私をこんなところに呼び出して何の用かしら?」

彼女はいつものように眼鏡をくいっと上げ、明らかに不機嫌そうに生徒会準備室の奥の席に着いた。

「あ、あの……」

「何?」

結月さんはジト目で見つめてくる。額から冷や汗が流れた。

「もしかして怒ってる?」

何かあったのだろうか。僕は放課後こうやって生徒会準備室に呼んだだけだし。僕が原因ということはないと思うけどな……。

「いえ、全然。ただ、どうして懇親会の日、メールの返事が途中で来なくなってしかも結局懇親会にも参加しなかったのかなと思っているだけよ」

やっぱり僕が原因だったね!

「本当にごめん。あの後街中を引き回されてたんだ」

「引き回し？」

「えっと、なんでもない。とにかくごめん」

「別に怒ってないと言っているでしょう？　謝らなくていいのよ」

と言いながらもじと視線は定まらない。

「それで、何の用なの？」

「……実は折り入って相談があるんだよ」

「相談？」

「うん。頼れるのが結月さんしかいなくて」

「そう」

彼女は浮かび上がる笑顔を消し去るように表情を押しとどめた。どうやら頼られるのは嬉しいらしい。急に機嫌が良くなった。

「それで、相談って何かしら？」

彼女は足を組んで聞く体勢に入った。

「あ、うん。……僕には仲の良い友人がいてさ、でも僕がその人を傷付けちゃって……今、喧嘩中みたいになってるんだ。自分が悪い事はもう分かってるんだ。でも、謝っても許してくれない。どうしたらいいかな？」

結月さんは顎に手を置いて数秒考える。

「なるほど。……日陰井くんのした行為の大きさにもよるけど、誠意を見せてもだめなら、もうご機嫌取りをするしかないんじゃないかしら」

「ご機嫌取り？」

「ええ。例えば料理をしてあげるとかプレゼントをするとか、そういうことよ。あとは時間が解決してくれると思うわ。一番ダメなのはこのまま何もしないこと。お互いの気持ちがどんどん離れてしまうもの」

僕は少し間を置いてから納得してうんうん頷いた。

確かに結月さんの言う通りだ。仲直りする方法はそう多くないし。許してもらうということは、つまり信頼関係の再構築だ。一色色葉のことをきちんと考えている、僕は許しを本気で乞うている。その気持ちを伝えるにはやはりご機嫌取りしかない。僕はすっきりとした顔で結月さんにお礼を言うと、すぐにその場を立ち去った。


翌日。

僕は昨日結月さんに相談を持ちかけた後、あるアイデアを実行するためにすぐに家に帰り、とある準備をした。そして今日、「一緒に帰ろう」と言う言葉すら無視する色葉と一緒に帰っていた。一緒に帰るという言い方はちょっとおかしいか。彼女と同じ方向に歩きながら、学校から数分かけて、主婦の御用達アーケード街まで行きついたのがさっきだ。

「今日は木曜日だから商店街の特売日だよ！」

「……」

さっきからどんな声をかけても一色色葉は反応してくれない。いつも通りの無視だ。だけど、これでいい。僕の誠意を伝える方法はこれしかない。

彼女は以前、モテモテになりたいと言っていた。だから色葉をモテモテにしよう。だけど、周りの友人に頼むことは出来ないし、多分頼んでもやんわり断られると思うので僕一人で演出するしかない。そう、つまり、彼女へ愛を捧げるんだ。まるで彼氏のように。うん。我ながらナイスアイデアだ。

「ほら、あそこのお肉屋さんちょっと寄ってこうよ」

「……」

「ほら、鞄持つよ?」

「……」

彼女は無反応なので、取りあえず手に持っているスクールバッグに手を掛けると、彼女の手からするりと取れた。なんだろうこの百パーセント受動的な色葉。いつも激しく能動的というか僕をこき使うことに積極的だからギャップがすこい。

「今日は君の家でハンバーグを作ろうと思うんだ」

「っ！」

そして今度は小さく体を揺らした。

なんとも不自然なもので、僕を無視するくせに一緒の方向に歩いているんだよな。さっきのようにお肉屋さんに行こうと言えばちゃんとそっちの方向に足を向けてくれるし。

だけど絶対に目を合わせようとはしてくれなかった。

「すいません、そのひき肉もらえますか？」

「お～、お若いさん二人が買い物なんて珍しいねぇ。カップルかい？」

肉屋のおばちゃんが声をかけてくれる。

「あはは、いやだなぁおばさん。僕が告白しても彼女は断るだけですよ」

「おや付き合ってないのかい？　あんた男前なんだから大丈夫だよ。ねぇ？　お嬢ちゃん」

と、ここで色葉に話を振るおばちゃん。グッジョブである。もしかしたら何か話してくれるかもしれない。最近まるで彼女の声聞いてないからな……。そもそも学校じゃ英語の音読当てられるくらいでしか彼女は声を発さないし。

なんだか色葉が不憫になってきた……。

「…………っ」

彼女は何か言いたげに表情を二転三転させていたが、終いには顔を赤くして俯いてしまった。僕ではなくおばさんに話しかけられたのだし、ちゃんと答えればいいのに。

恵方巻きって食べ終わるまで喋っちゃいけないんだけど、もしかしたら彼女は朝、時間がない中、恵方巻きを食べ始め、結局食べきれずに冷蔵庫に入れてきたのかもしれない。早く家に帰って食べなきゃ。全然話せないよ。うん、この説を強いて否定するならば、今が全然節分シーズンじゃないってことくらいかな。……致命的だ。

「はい、二百五十二円ちょうど頂くね。ありがとう。それじゃ、お二人仲睦まじくね。むふふふ」

「ありがとうおばさん。また二人で買いに来ますね！」

僕はおばちゃんに手を振り別れた。色葉はさっきよりも僕と距離を取っている。

「あと、玉ねぎとか必要なんだけど、家にある？」

「……」

彼女は目を合わせずにこくこくと頷く。こうしているとなんだか子百合を思い出す。色葉は小柄な方だけど、子百合よりかは大きい。少なくとも色葉は小学生には見えない。

「大体の材料はそろっているのかな？」

うむうむ。彼女は再び頷く。

「そっか、じゃあ帰ろうか」

その後、色葉の家に着くまで約十分間、僕は一方的に話し続けた。例えば僕の愛チャリが駅前で撤去され、日曜日に電車を乗り継いで取りに行った話とか。あれ？　どうして撤去されるようなことになったのだっけ……。

そして色葉の家につく。この前来たばかりなので勝手は分かっている。

「お邪魔します。鞄、ソファの上に置いていい？」

「……」

彼女が頷いたので僕は彼女の鞄と、ついでに僕の鞄もソファの上に置いた。

「それじゃ、すぐに作っちゃうから部屋にでも行って休んでていいよ。できたら呼ぶからね」

「……」

しかし彼女は食卓について動こうとしない。……僕にはどうすることもできないしここにいるのも悪くないと思ったので、それ以上は声をかけなかった。

「じゃあ、ちょっと待っててね」

そして僕は学ランを脱いでワイシャツ姿になり、彼女の黄色いエプロンを借りて腕まくりをする。料理開始だ。

そして、僕はハンバーグ作りを開始したのだが……、

玉ねぎを刻みながら視線を感じたのでちらりと彼女を見ると、

「……」

瞬間目を逸らされた。

ハンバーグをこねながら視線を感じたのでちらりと彼女を見ると、

「……」

すごい勢いで目を逸らされた。

そして僕がハンバーグを焼きながら視線を感じたのでちらりと彼女を見ると、

「……」

首が飛んでく勢いで目を逸らされた。

僕とぎりぎり目を合わさない遊びをしたいのかな？　まったく色葉も子供だなあ。

そんなこんなでハンバーグが出来た。焼き目もついて我ながらおいしそうだ。

「味付けはソースでいい？」

「……」

ということでソースをかけて完成。

「はい、食べてみて」

ちなみに一つしか作っていないので僕の分はない。彼氏たるもの彼女のために尽くすのが当然。……別に一人分のひき肉しか買えるお金持ってなかったとかそういうことじゃない。

彼女はさっそくナイフで一口大に切り、それを食した。

「……」

ダメだ。表情の変化がないからおいしいかどうか分からない。

「ごめんね、僕にも一口ちょうだい。その食べかけのでいいから」

彼女がフォークを握っているので、僕はナイフで食べかけのそれを刺して口に入れる。

「～～～っ！」

彼女が顔を赤くして何か言いたげである。なんだろう。あ、間接キス？　そんなのご褒美ですよ。僕は今、彼女の逆ハーレムの一員という役割なのだから。

「あ……肉の下味あんまりついてないね。ぱさぱさしてるし」

正直、全然おいしくなかった。改めて料理の難しさを知った。

彼女もおいしくないと判断したのだろうか。フォークを置く。

「昨日一日かけてすごい練習したんだけどな……本当、うまくいかない。まぁそもそも料理したのが昨日で結構久しぶりだったしね。それがいけないんだな。こういうのって日々の積み重ねだよね、うんうん」

僕は昨日、ひき肉を大量買いして家で練習しまくったのだ。おかげでこれから一週間の食費がなくなりました！　どうしよう。……本当どうしよう。

「このハンバーグは僕が処分するよ。ごめんね。また今度、ちゃんとおいしいの作るから」

僕がハンバーグの皿を撤去しようとすると、腕を掴まれた。

そして――視線もばっちり合っている。

「……食べる」

色葉がようやく僕に向けて話してくれた。

「だっておいしくないでしょ？　いいよ」

「私のために作ってくれたんだろ？　だったらこれをどうしようが私の勝手だ」

「そりゃあ、そうだけど。……いいの？」

「だから食べるって」

そして掃除機もびっくりの吸引力でハンバーグは彼女の口の中へと消えて行った。

「……おいしかった」

「ありがとね」

お世辞と分かっていてもおいしいと言われるのは、心躍る気持ちだ。

「それじゃこれから何する？　親が帰ってくるまで一緒にいるよ」

「ま、またそういう事を言って……ばか！」

色葉は頬を染めて表情を険しくした。

「もう分かった……黙ってるのも馬鹿らしくなったから全部言う。本当はもっと考えがまとまってからお前に話そうと思ってたんだけど……まぁいい」

「え？　何が？　どういうこと？」

「だから……お前にどういう顔をしてどんな言葉を言えばいいか分からなかったからずっと無視してたんだ。……その、それは、ごめん」

「いや、別に謝らなくていいけど……。というか謝るのはこっちだしさ」

僕はエプロンをたたみ、彼女の正面の食卓に座った。

すると、彼女は一息置いてから再び口を開く。

「その、最初。私のファンクラブに入ると津弦が言ってくれた時、すごく嬉しかった。私は向こうから男子が言い寄ってくるような、椿原結月みたいなキャラになりたくて。それで入学してから誰にも自分からは話しかけなかった。そしたら、なんだか一人になってしまった」

確かにいつもあんなに怖い顔をしていたら誰も話しかけないような。だから一人になっていたのか。

「だから、津弦から手紙をもらった時はすごく嬉しかったんだ……もちろん、私の勝手な勘違いだったんだけどな」

それを言われると返す言葉がない。

僕はきりきりと腹の底が締め付けられる。

「一緒に遊んだりして、楽しかったし嬉しかった。だけど、あの料理対決。椿原結月が勝つようにお前が仕組んだと聞いて……悔しかった。津弦、お前が私と一緒にいてくれるのは同情なんだと分かった」

「そんなこと………ないよ」

「今日のやつだってそうだ。同情だろ？　私は同情じゃなく、魅力で人をひき付けたい」

　彼女は終始さびしそうな目をしている。

「前、『例え料理対決で勝てても、結月さんには勝てない』って言ったよな。それは、例え私が料理対決で勝ってあいつの地位を落としても、あいつのファンが私のファンにはならないと言いたかったんだろう？」

「それは――」

　否定できなかった。

「津弦があいつを助けたのは、私よりあいつに人をひき付ける力があったからだ。どんなに料理で勝っても……魅力ではあいつに勝ててない。だから、同情なんかで私と一緒にいなくてもいいんだ。それは、嬉しいけど……嬉しくない」

　色葉は絞るように最後まで言葉を続けた。帰りとはうってかわって、僕の瞳の奥をじっと見つめている。自分の気持ちが正しく僕に伝わるように。

　しかし一方で、僕は視線を逸らし、へらへらと笑顔を浮かべてしまう。

……色葉はこんなことをずっと考えていたのか。

　彼女の表情から、これが紛れもなく彼女の本心なのだと分かった。それをこうやって僕にさらけ出してくれることが嬉しくて、しかし同時に怖かった。

本心には、冗談が通じないから。

　僕が、いつも明るく振る舞って、茶化し、ごまかしていた本心。

他人や自分の気持ちを深く考えることをやめ、ただ傷付かないように、核心には触れないように、全てを冗談だとして笑えるように行動していた。

　僕は――そんな僕は、今。

彼女の気持ちに向き合い、僕の気持ちをぶつけなくてはいけない。

「君と一緒にいるのが迷惑ならやめる。だけど、僕は色葉が魅力的だと思う。すごく努力してるから。それを見て、僕だって頑張ってハンバーグを作ってみたんだよ」

「前にも言ったが、それは綺麗ごとだ。実際料理は下手だし勉強も出来ない、スポーツもそこそこだ。私には何の才能もない。何一つ、あいつには勝ててない」

「そうじゃないよ」

僕は湧き上がるこの気持ちを言葉に変換することに全神経を集中させる。

「確かに結月さんはクールでかっこいいし綺麗だよ。だけど、それに負けないくらいのものを色葉だって持ってるじゃないか。……努力できること、それ自体が才能なんだよ！　決して劣ってない。それは結月さんほどに人をひき付けるよ。結月さんに勝負を仕掛ける……結月さんのライバルは、色葉しかいないんだ！　ライバルはヒロインと同じくらい魅力的なんだよ。お互いが切磋琢磨して、輝いてる。そんな二人がすごくかっこいいと、僕は思う」

僕の気持ちはまだまだ溢れてくるが、これ以上言ってもめちゃくちゃになってしまうと判断し、ここで言葉を区切った。

「……」

彼女は再びだんまりモードに入ってしまう。俯いていて顔色をうかがうことはできない。

僕は、心臓が高鳴るのが分かった。

自分の真剣な気持ちをぶつけたんだ。これが無視されたりしたら、僕はどうしようもなく傷ついてしまう。それが怖かった。

「…………バスケ」

そして、ぽつりと色葉が単語を繰り出す。

「え？」

「明後日、体育でバスケがあるな。それで椿原結月と勝負をしよう」

彼女の表情は、一緒に遊び回った時のような、生き生きとして輝いたものになっていた。

「……うん！」

安堵。

気持ちがきちんと伝わったことに安心した。

「それで、ずっと気になってたんだが、料理対決の時に細工したということは、椿原結月はそんなに料理が得意じゃないのか？」

僕は一瞬言うべきかどうか迷ったが、ここまで来てしまったのだ。今更言い逃れしようもないだろう。

「そうだよ」

「そうか。……度々そうやってあいつを支えてイメージを保っていたんだな？」

「うん、僕がそれをやり始めたのは最近だけどね」

「ん？　他に誰かいるのか？」

「もともとは小無子百合がやってたんだ。今は二人で隠密行動してるよ。だからもちろん、このことは皆には秘密ね。……とは言っても、もう――」

もう、こんなことはできない。一方的に結月さんに味方するのは理不尽だ。

色葉の努力を踏みにじる行いは、絶対にしてはいけない。

「いいじゃないか、あいつを支えてあげれば」

「え？」

僕の体が停止する。

「さっき津弦が励ましてくれるのは嬉しかったけど、私の魅力がまだ椿原結月のそれに達していないのはどうしようもない事実だ。……だから、いつか追いついたら、ずっとずっと二十四時間三百六十五日一緒にいてくれよ？」

彼女は別にいじけて言っているわけではないようだ。表情の屈託のなさから確信できる。

それだったら、もし僕が今ここで断っても、その選択は『同情』と取られてしまうのだろう。

「……うん」

だから、僕は頷くしかなかった。

「もちろん向こうの手伝いはしても、津弦は私のファンクラブ会員なんだからたまには私と一緒にいるように。分かったか？」

「もちろんだよ」

「それなら、いいんだ」

色葉は再びにこりと微笑んだ。僕も微笑み返すけど、どこかぎこちなかった。

それはきっと、これからのことを頭が掠めたからだろう。これから、結月さんに対して、どうフォローを入れればいいのだろうか、その答えが出なかった。


今は放課後。子百合とモスに来るのは日常となっている。

今朝、教室に入ると丁度色葉が結月さんの机の前に立ちはだかり宣戦布告しているところだった。結月さんは「懲りないわね。いいわよ、いくらでも気が済むまでかかってきなさい」と言って勝負を受けた。自信満々に見えるが、内心びくびくしていたと思う。足が若干震えていた気がするし。

それで、いつもの様に作戦会議である。

「それで、どうなの？」

僕の質問に、子百合はノートで返事をする。

『結月ちゃんは体力もあって運動神経も良い。だけど単純に、バスケはあまり経験がない。ゴール下のシュートなら入ると思うから、私達でそこまでなんとかする』

僕はノートを机の上に置き、もはやポテトLサイズしか頼まなくなった子百合に話しかける。

「私達って？　バスケは五人だけど。僕と子百合と結月さん。あと二人はどうするの？」

「忠くん。あと、一人は、適当」

適当なのかよ……。まぁ体育の授業だ。そこまで本格的な試合じゃないだろう。向こうのチームも普通にクラスメイトを入れてくるはずだ。

「あくまでも、五人の、試合。結月ちゃんを、活躍させて、勝てば、いい」

「分かってるよ。頑張ってみる」

頑張ってみる、という僕の投げやりな言葉に反応して、子百合は口を開く。

「私、運動、苦手。津弦くんと、忠くんに、かかってる」

「分かってるよ。僕もちゃんと頑張るけど、きっと和久は運動神経良いからなんとかなる。そんな心配しなくても大丈夫」

子百合は既にポテトLサイズ４つ目を食している途中だった。今日はいつも以上にそわそわしている。相変わらず表情はほんわかしているけど。

多分、前回の料理対決とは違い、バスケという不確定要素が大いに絡んでくるものだから不安なのだろう。子百合にとって、この勝負は結月さんをいかに活躍させて勝たせるかの勝負でしかない。

じゃあ、僕にとっては――。

「………」

「どうか、した？」

子百合が僕の顔を不思議そうに覗き込んでいた。

「いや、なんでもないよ」

咄嗟になんでもない振りをしてしまう。僕は、自分の気持ちを殺してしまう。そして残った気持ちはどこかに蓄積されているような気がした。

「本当、に？」

子百合が顔をぐんと近づけてくる。

僕はため息をつかざるを得なかった。ここはお兄さんとしてきちんと指導しなくては。

「子百合。確かにそういうのに興味が出てくる年頃なのは分かる。だけど、やっぱりまだ小学生でキスは早いと思うんだ。もう少し大きくなったら、ね？」

「違う」

子百合は頬を膨らませる。

「それにここはファストフード店だ。皆の目があるだろう？　どんなに僕らが将来結婚を約束しているからって皆の前でイチャついていいってことにはならないよ。やっぱりマナーはわきまえないと」

「セクハラ」

「ごめん」

子百合は顔を赤らめて拗ねるように席に戻った。そしてポテトの蹂躙を再開する。

ふと、和久のことを思い出す。

もし彼のように、全てに対して正直に生きていられたら――。最近、こんな思考ばかりだ。僕は苦笑いを浮かべ、子百合にもう一つポテトを買って、今の考えを忘れ去った。


そしてあっという間にバスケの試合当日。

「試合か。楽しみだな、津弦」

「そうでもないけど」

和久が屈伸をしながら僕に声を掛けた。既にチーム分けの話はしてあり、結月さん、僕、子百合、和久、……そしていつも吉岡組にいる安田が参戦した。何しろ中学でバスケ部だったらしい。本当かよ、試合で当たったこともないよ。

噂をすれば何とやら。リストバンドまでしてやる気十分の安田が肩を叩いてくる。

「俺にボール回せよ？　大活躍してやるから」

「はいはい、分かったよ」

もちろん分かってないけど。安田が結月さんに良い所を見せたいから今回参戦したことは分かってるんだよ。だけど今回活躍するのは君じゃなくて結月さんだから。

体育の授業は種目選択制であり、ほとんどの人は楽なテニスに流れる。したがって教師もそちらを指導しに行っている。吉岡達はいつもグラウンドでサッカーをしているのだが、どうやら応援に来てくれたらしい。僕もなかなか人気者だな。

「がんばれよ！」

「ありが――」

「おう、ありがとな！　吉岡！」

安田が手を振りかえす。

おいおい、安田恥ずかしいよそれ。吉岡は僕に声を掛けたんだって。ほら、どう見ても僕に、

「三十点は決めろよ、安田！」

他の人達も吉岡と混じって手を振る。

……ん？

「あれ、津弦も出んの⁉」

そして吉岡のオーバーリアクション。皆は笑い、「マジかよ」「全然知らなかった」「津弦もまぁ……がんばれよ、無理しない程度に」「こけんなよ」

などのありがたいエールを送ってくれた。なんでだろう！　全然励みにならない！

ま、いいさ。目立たないくらいが丁度いいし。……空気と融合したい。

棒立ちしている子百合の向こうには肩の筋肉を伸ばしながら暇そうにしている結月さんがいた。緊張しているのか、動きがぎこちない。

僕らがこうして時間を持て余しているのは、対戦相手が来ないからだった。

「まだなのかー？」

と皆不平不満を漏らすが、丁度その時、声がぴたりと止まった。

なんだろうと思い十五人程の観客を見ると、入口に注目し、叫びに近い声を上げていた。

「なんだ？」

和久も険しい顔をしている。

「はい。皆、待たせたな。チーム色葉、ただいま集結だ」

「なっ……！」

どしん、どしん、と隊列を組み、統一された青いユニフォームで登場するいかにもバスケが出来そうなちょい悪集団。ピアスとかしているし、よく見たらちょい悪どころじゃなかった。そしてその先頭にいるのは——一色色葉。

「やっべ、これ帰ろっかな」

と、後ろでこぼすのは安田。

一色集団に真先に食いついたのは結月さんだった。

「その人達はなんなのかしら？　私達のクラスの人じゃないわよね？　今普通に授業中のはずだけど」

すると、髪の毛をはりはりに逆立たせ、ヘアバンドをした男が声を上げた。

「あァン!?　なんだァ？」

びくりと震え、一歩後ろに下がる結月さん。当たり前だろう、僕なら走って帰るレベルだし。

この状況は正直まずい。

なんとかしないと、ここでもし結月さんが腰でも抜かしたらイメージはがた落ちだ。

僕が何かここで注目を集めるような――、いや、僕には……。

「やめろよお前ら」

睨みをきかせて間に入ったのは、和久忠だった。チンピラを熱い瞳で睨みつける。

……僕はそれを、目を細めて見つめるしかなかった。

「ンだてめェは？」

そして今度はスキンヘッドで前歯が欠けている男が前に出てくる。

「別に名乗んなくたっていいだろ？　それよりお前らなんなんだよ。授業中だろ？」

「私が呼んだんだ」

次に声を発するのは色葉。どこか誇らしげに腕を組んでいる。

「こいつらは授業をサボっている。だから特に問題はない」

問題しか見当たらない。

「姉御！　わざわざ説明する必要なんかありません！」

口調がいきなり変わる、髪がハリハリの彼。……姉御？

色葉は、「いいんだよ」と彼を制止、説明を再開した。

「どうしようもないチンピラに見えるかもしれないけどな、こいつらは中学の頃にバスケ部に入っていたらしいんだ。それで、協力してもらうことにした。本当にありがとうな、お前ら」

「いいンすよ姉御！　俺らは姉御の真っ直ぐな恋心に心を打たれた者達ですぜ。好きな男に振り向いてもらうためにライバルを倒す。そして昨日ボロボロになるまで練習を――」

「お前ら喋り過ぎだ」

「す、すいません姉御！」

……どういう状況ですか、これ。というか、いつ手なずけたんですか。

「そう。そういうことなのね」

結月さんは眼鏡をすちゃっと上げる動作をするが、今日はコンタクトなので眼鏡は存在しない。しかし、確かに僕にはそこに眼鏡が見えた！　だからちょっと顔赤らめなくてもいいんだよ結月さん！

「……そういうことなら別に。参加を認めるわ」

安田はまた「おいおい、マジでやるのかよこいつらと」と背後でこぼしている。子百合は無反応で、和久はスキンヘッドと至近距離ガンづけ合戦を開催していた。

ダム、と子百合がボールをつく。それが合図となり、体育館は音ひとつなくなった。

「……それじゃ、始めましょうか。前半十分後半十分の二クォーターでやるわよ」

結月さんが声をかけ、試合開始となった。


ジャンプボールは和久が飛び、奪う事が出来た。

結月さんの見せ場を作るということを承知しているのは僕と子百合だけだ。和久と安田にあまり勝手なことをされるわけにはいかない。……だけど、正直なところ目立つからあんまり長くボール持っていたくない。今は特にバスケだし、すぅっと背筋が寒くなる。

ボールを取った和久はさっそくドリブルをつき、ドライブで中に切り込ん——

「あっ」

激しいディフェンスにあい、やがてボールが自身の足に当たり、ぽーんとコート外に飛んで行ってしまった。

……あれ、まさかこれは。

「運動神経は良いけど球技はまるで出来ない系男子……？」

そんな系列の区分があるかは知らないが、ボールの扱いが下手過ぎる。これは絶対にバスケが苦手なパターンだ。

えっと、うん？

そうなると、なんだ。

僕は目立つのはアウトであまり長くボールは持っていられない、子百合はそもそもバスケが全くと言っていいほど出来ない、和久はボールの扱いが下手、結月さんは無理してミスすると格好悪いからゴール下に到達するまでパスは出せない。

思考している間に攻め込まれ、一色がフリースローライン当たりからシュートを決めた。

「安田！」

残るは元バスケ部という僕らのチームで一番の優良株だ。

結月さんの活躍ももちろん大事だが、その前に試合でボロ負けするとまずい。きっと学校中には『椿原結月が一色色葉に負けた』という噂が流れるんだろう。

ふと、色葉の指先を見る。そこには、卵焼きの練習とは別の、かさついた傷痕が確認できた。色葉の、努力の証拠。

——今、ここで結月さんを助けて色葉を負かすことは、正しいのだろうか。

そんな考えが僕の行動を制限してくる。

安田はボールを受け取ると表情が強張っていた。ドライブで攻め込みパスを出そうとしたが、カットされてしまい、そこから点を取られてしまった。

別に向こうの四人がずば抜けて上手いわけではない。普通の経験者レベルだ。それは安田も同じ。

ただ単順に、人数の問題だった。僕らは安田一人、向こうは五人。色葉も練習した成果なのか、普通に上手い。そうこうしている間にどんどん得点を量産されている。あっという間に24対0である。観客も最初はわーわー騒いでいたが、今は一人吉岡がボケているだけで他はしんと静まりかえってしまっている。

「安田」

僕が安田にパスを出し、カットされるという流れが延々と続いている。今回の攻めもだめだった。

「これは楽勝っすね、姉御」

「まだ気を抜くなよ?」

そう言いながらパスを受ける色葉。そしてそこからのレイアップ。

これで26対0になった。

僕がエンドラインからパスを出そうとすると、前半終了のタイマーが鳴った。

「……どうする?」

取り敢えず円になって座っている皆に尋ねてみた。

「俺、正直しんどいわ……つーか無理無理」

そう当たり前の声をあげるのが安田。どうやら格好いいところが見せられなくて投げやりになっているようだ。

「だな。さっきから安田ばかりにパスが行き過ぎだ。もっとオレとか小無、委員長にもパスを回してみたらいいんじゃね?」

和久の言葉を聞きながら子百合とアイコンタクトを取る。しかし彼女は眉を下げて首を横に振るだけだった。特に策がないみたいだ。

「困ったら私にパスしていいのよ?」

「……そうだね。そうさせてもらうよ」

さすがに、結月さんにパスを出さな過ぎて不審がられている。

どうすればいい?

特に策がないまま、後半戦開始のタイマーが鳴った。

僕は取り敢えず和久にパスを出した。しかしすぐに詰め寄られ、ボールを取られてしまう。

30対0となった。

「え？　つーかこれって普通にボロ負けじゃね？」

コート外から少し興奮した吉岡の声が聞こえた。

確かにそうだ。確かにそうなんだけど、僕はどこか冷静だった。

エンドラインから和久にパスをすると、一瞬でパスが戻ってきた。僕はそのままドリブルをつく。

大体どうして僕はまた結月さんの味方をしているんだろうか？

僕が今回も彼女の味方をしているのは、子百合に頼まれたからか？

恐らくその通り、子百合に頼まれたからなのだろう。なんとなく流されて、現状をだらだらと続けてしまっている。

どうしてこんなにもやもやするんだろう。……それは簡単だ。僕が、結月さんに協力することに納得していないから。

どうして納得していないか。それは、この協力が色葉の気持ちを踏みにじるものだと思うからだ。

結月さんは確かに良い人だし僕も魅了される。だけど、だからって色葉を軽んじていいということにはならないと思う。彼女の血の滲むような努力を理不尽な行動で汚すことは許されない。

僕らは本来、これらの勝負に介入してはいけなかった。正々堂々とした二人の勝負を見守ればよかったんだ。

もし僕が和久のような真っ直ぐさを持っていたら、最初の子百合の頼みを断っていただろう。そして、結月さんの本来の姿は皆に晒されるべきだと考えるに違いない。それが良くも悪くも彼女の『本当』なのだから。

……でも、僕は僕だ。やっぱり結月さんが悲しんだ顔は見たくない。こうやって助けているのもそう思う気持ちが確かにあるからだ。

色葉は『結月さんを手伝うこと』を許してくれた。だけど内心傷付いているに違いない。それだったら、やっぱり手伝わない方がいいのか？

僕は、どうしたらいい――？

シュッ。

スリーポイントシュートが決まる。

「あれ……？」

シュートを放ったのは、誰だ？

僕は振り返る。コート全体を見る。

視線視線視線視線。皆が唖然として、僕を見ていた。

僕はすーっと何かに吸い込まれるように意識が薄れるのを感じる。血液が下がり、眼球が乾く。

そして。そして僕は――


何を悩んでいるんだ。

いいじゃないか、二人を助ければ。

深く考えるのなんてやめよう、嫌なことは直視しなくていいんだ。いつも、そうやって来ただろう。選ぶなんて、そんな辛いことは避けて通ればいいんだ。

とにかく、この場は結月さんを助けなくては。その後で、色葉にフォローを入れておけばいい。

和久、小無、結月さん、安田……彼ら彼女らが駄目ならば、もう僕がやるしかない。

結論は分かっていた。

後は実行するだけだ。

僕だって、一応は中学の頃にバスケ部に入っていたのだし。

いざとなったら活躍できるはず。他でもない、僕が。

僕はふくらはぎに力を込めて、瞬発力を最大限発揮する。その行動で相手のパスをカットした。そしてそのままレイアップ……当然のように決まる。

そしてその後も、ロールで華麗に抜き去り、ジャンプシュート、スリーポイント、バックシュート——全てが決まる。体が軽く、ディフェンスはまるでスロー再生のようにのろい。

いつの間にか点数は30対29になっていた。時間は後数秒。

そして僕は目の前のブロックをフェイントで抜き去り、ジャンプシュートを放った。

入れ——！

しかし、その軌道は僕を裏切る。

まるで何者かに操られたように、ゴールに弾き返された。

そうして終了を知らせるブザーが鳴る。

え……？

声は出ない。よく見るとゴールは消えていた。コートも消えていた。

発汗。体が熱を一気に放出し始める。顔が大量の汗でぬめり、一方、口の中は乾ききっていた。

振り向く。そこには結月さんが、小無が、和久が、安田がいた。そして吉岡達、クラスメイト。

「な、に……？」

皆が、僕を睨みつける。

「こんな現実があると思う？　日陰井くん」

「結月さん、どういう意味？」

「努力もしないで、こんなに急に活躍できるのかって聞いてるの。そんな物語の中のヒーローみたいに、あなたがなれるのかって聞いてるのよ。ステルス潜航の日陰井くん」

「何を……」

「そんなご都合なことってないわよね。ほら、この状況、覚えているでしょう？　あなたの中学校の時と同じ。最後のシュートは任せろって言っておきながら決め損ねる」

「なんで結月さんが僕の中学校の話なんか知ってるの?」

「あなたには何も出来ないのよ。これ以上何かしても、皆を失望させるだけ。分かったらいつも通りステルスに戻ってくれないかしら?」

失望……? 僕はまた、皆を失望させたのか?

また、自分の能力を見誤ったばかりに、全てを失うのか——?

そんなこと……


「そんなこと、もう嫌だ!」

僕は自分の叫び声で目が覚める。

「津弦!」

「津弦くん」

「……?」

そこには子百合と色葉がいた。

「だいじょう、ぶ?」

「……うん?」

目を擦って頭の働きを活性化させてみる。

僕は今ベッドにいるらしい。真っ白で清潔なこれは保健室のものだろう。そしてベッドはカーテンに囲まれていて、その中に椅子を置いて着席している子百合、ベッドに腰を掛けている色葉がいた。

「津弦、具合悪くないか?」

「え? いや、別に大丈夫だけど」

色葉がぐっと顔を近づけてくる。

「……何があったんだ？」

僕は純粋な疑問を口に出してみる。

僕の声を聞くと、子百合は心配そうに目を潤ませて立ち上がる。そして僕のすぐ横に来て頭を撫ではじめた。ぐしぐしぐしぐし。

なんだかやたらと久しぶりな気がするな。

「な、何やってるんだ小無」

色葉が動揺したように声を発する。

「頭を、撫でてる」

そして冷静に対処する子百合。

「そんなことは分かっている。なんで津弦の頭を撫でてるかを聞いてるんだ」

「スキン、シップ？」

「なっ」

「なでなで、なでなで」

「や、やめろ。津弦から手を離すんだ！」

「ぐしぐし、ぐしぐし」

「だ、だからやめろ！」

頭を抱えて悶え苦しんでいる色葉を、したり顔で満足そうに見つめる子百合。色葉がこうなるのを見越して今頭を撫でているのだろう。子百合はあまり色葉をおもしろく思っていないようだし。

色葉がこうなっているのは、ファンクラブである僕が他の人に取られるが嫌だからだと思う。

そして子百合は満足したのか、三十秒程そうしてから、手を引っ込める。

「……それで、何があったんだ？」

「津弦くん、貧血。バスケ、中止」

「…………………あぁ」

少し、思い出した。それで、えっと……。

「何対何だったんだ？」

僕は記憶が曖昧だった。

「30対3」

子百合が簡潔に答える。

「そっか。最初のスリーポイントだけは本物か。いや、良く入ったな。僕、バスケ久しぶりだったのに」

「ん？　何を言ってるんだ津弦。そっちの3点は和久が決めたものだろう？」

「……えっ」

「そう、だよ」

子百合も頷いた。

何だよ、僕が決めたんじゃないのかよ……。現実でも、幻覚でも、結局僕は活躍できていなかった。そしてそれが何故か自然に思える。

「ここまで運んできてくれたのは？」

「それは和久だ」

「そうか。後でお礼を言っておかないとな」

僕は携帯で時間を確認する。どうやら体育の授業は終了し、既に放課後になってしまったようだった。

「それじゃわざわざ見ててくれたのか？　……二人共ごめんね。心配かけて」

そして僕は手頃な距離にある子百合の頭をぐしぐしと撫でた。彼女は「ひぅ」と小さな声を上げておとなしく撫でられている。お返しだ。

「お、おい津弦。何やってるんだ」

「子百合の頭を撫でてる」

「そんなことは分かっている。なんで子百合の頭を撫でてるかを聞いてるんだ」

「……お礼？」

「だったら、私にもするのが筋だろ！」

赤面しながらも恥ずかしいセリフを発する色葉。いつもそうだよね。恥ずかしいなら言わなきゃいいのに……変なところで正直である。

「はいはい」

と、僕はぽん、と色葉の頭に手を置く。

「な、なんかこれって屈辱的なんだな……」

そんな感想をもらしている色葉を見て、僕は彼女のことを思い出す。

「そういえば、結月さんはどこに？」

心配かけただろうから一応声をかけないと。きっと「一人でがんばるからよ。私を頼りなさい」とか言うくらいだろうけど。

「………」

突然、子百合は眉を下げ悲しそうな表情を作った。僕はそこに不気味な影を感じ取った。

「どうした？」

「その、あの……な」

色葉もしどろもどろに視線を散らしている。

何かあったのか？

「結月さんがどうかしたのか？」

「どうかしたというか、まぁ、な」

「何があった？」

「試合、終わってから、話、してくれない」

子百合がぼそりと呟く。

「話をしてくれない？　なんで？」

「分からないんだ。とにかく『日陰井くんが起きるまで待つわ。それから話す』とか言って」

「……」

なんだそれ。

「なんだか、結月ちゃん、ちょっと、怖かった」

だからこんな不安そうな顔をしているのか。

とにかく、結月さんに話を聞くほかないな。一体どうしたと言うんだろうか。

「じゃあ僕が少し結月さんと話をしてみるよ。どこにいるかな？」

「ここよ」

急にカーテンの外から声が聞こえ、僕は心臓が止まるかと思った。そして、カーテンの隙間から結月さんが入ってくる。子百合と色葉は驚いているのか、何も反応できないでいた。

「日陰井くん。大丈夫？」

彼女の表情に、なんだかいつもより冷たい印象を受けた。メールを返さなかった時とは比べものにならない冷たさ。体温が五度くらい下がってしまったような感じだ。

「うん、大丈夫だよ。心配かけてごめん」

「それはいいのよ。それより、話があるんだけど」

「話？　それは僕に？」

「あなた、というよりあなたと小無さんかしら」

結月さんは目を細めて、僕を睨むように視線の種類を切り替えた。思わず全身の鳥肌が立ってしまう。これが、オーラというものなのだろうか。

「日陰井くんと小無さん。仕組んでいたでしょ？」

「えっ……」

唐突な質問に、僕は絶句以外返すことができなかった。

「言い訳する必要はないわ」

そう言って彼女は一息置いてから説明を始めた。

「最初変だなと思ったのは、料理対決の時だわ。私、いつもは卵焼きを甘く味付けするの。だけど本に塩味の方が焼きやすいと書いてあるのを読んで、あの日には塩味のものを作っていったわ。でも、審査員は『甘い』と言ったのよ。……私の気のせいだと思っていたわ」

「……」

僕は、言い訳をするつもりはなかった。いつかこうなることは分かっていた気がする。僕が、この手伝いに違和感を覚えてから。

「今回のバスケも、おかしかった。私に確実なゴール下でのシュートを打たせるためにいろいろ工夫したみたいね？」

「……うん」

彼女はいつもより淡々とした話し方をした。それが、自分の気持ちを意図的にコントロールしているように見えて、逆に言えばコントロールするほどの感情が溢れ出ていることが感じ取れた。

「日陰井くんが一人でそんなことをし始めるわけないわ。小無さんに頼まれでもしたのでしょう？」

「それは……」

僕が口ごもっていると、

「私が、頼んだ」

相変わらず俯いたまま子百合は答える。

ここで子百合を庇えない自分がまた嫌になった。

「やっぱりそうなのね。……小無さん。あなた、中学の時から私の知らないことでこういうことしていたの？」

「……うん」

子百合はやがて小さく頷く。

結月さんは深いため息をつき、眼鏡を直した。

「結月さん。子百合をそんなに責めないで。悪気があったわけじゃないんだよ。ただ、結月さんを助けようと思っただけで」

「私は助けを頼んでいないわ。そういうの、お節介って言うのよ」

「それは……そうだけど」

「椿原結月。その言い方はあんまりじゃないか?」

色葉が立ち上がり、結月さんに詰め寄る。しかし、結月さんはそれを一瞥するだけだった。

「あなたも今の話を聞いていたでしょう? 悔しくないのかしら。私が勝つように仕組まれていたのよ?」

「私は、そりゃあ悔しい。だけど今はそんな話じゃ――」

「次の体育。フリースロー対決をしましょう。先に三本決めた方が勝ち」

「え?」

僕は思わず声を出してしまう。子百合も顔をあげて不安そうに結月さんを見つめた。

「それなら邪魔のしようがないわ」

「……分かった」

色葉の了承の言葉を聞くと、結月さんは満足そうに口元だけ笑みを浮かべ、保健室から出て行った。

しばらく、誰も言葉を発さなかった。

まず、自分の中で今起きた状況を受け入れなくてはならないのだろう。

それは、僕も同じだ。

結月さんはプライドが高い。だから、自分が密かに助けられていた何て知ったら怒るに決まっている。そして、僕らが手を加えられないようにし、再び自分の力だけで勝負する。

自分が、完璧であることを証明するために。

ちゃんと分かっている。

――今、最悪なことが起きたってことを。

放課後。授業は全部右から左状態で何も頭の中には留まらなかった。我ながら時間を無駄にしていると思う。しかもこういう時に限って時間の流れが遅く感じる。数学なら木島先生の鎖骨を見ていれば早く終わるのに。やっぱり集中力の違いかな！

ここ最近、学校に用事があるわけではないのに、何故か帰る気にはならない。だからと言って吉岡達と遊びに行く気にもならない。

今日は色葉から借りたラノベを読んでいる。読み終わって返す度に新しいものをどんどん貸してくれるというループに陥ってるんだよな。おかげでこうやって暇することがないんだけど。

最近は、そうだな。

色葉と「あるある話」をしながら放課後の時間を潰している。

昨日は、

「中学三年の後半になるとさ、卒業式の集合写真とか撮るでしょ？」

「まぁ、あるな」

と、色葉は相槌を打った。

「だからクラス全員が揃う日を待つんだよ。それがなかなかなくてさ」

「確かにそうかもしれない、風邪とかな」

「そうそう。それで、僕がたまたま休んだ日があったんだよ。その日、どうやら僕しか休んでいなかったらしくてさ」

「ほう」

「で、その日に集合写真撮っちゃったみたいなんだよ！　先生が『誰か休んでる人いる？』って質問に誰も答えなかったらしくて」

「あるある！　別にいじめとかじゃなくて普通に皆気が付かないやつだな」

こんな会話をした。何これ、泣いていい？

僕は、影が薄過ぎるのもいかがなものかなと思い、ため息をついた。

色葉は「あるある話」には良く食いつくし、僕に嬉々としてジュースを買いに行かせるが、結月さんの話題を振ると途端につまらなそうに肘付を初めて髪をいじり出す。フリースロー対決にも触れないし。

僕はラノベを閉じて後ろを振り向く。学級委員メンバーはいない。和久忠はバイト。子百合と結月さんは学級委員の仕事。教室には数人のクラスメイトが駄弁っているだけだ。

時計を確認しながら、あと数分で帰ろうかなと思っていると、

「お、おい誰かいるか！」

教室の入り口を勢いよく開けて飛び込んできたのは吉岡だ。

「あぁ、津弦でいいや。来いよ」

なんなのその選択肢の最後に僕がいるみたいな感じ！

「何？　なんかあった？」

「いいから来いって！」

吉岡は何か面白いことを発見したのか目を輝かせている。

取り敢えず彼に付いて行くと、行きついたのはコンピュータ室であった。

「何なの？」

「いいからいいから」

僕は渋々コンピュータ室のドアを開いた。

「……す、すごい」

コンピュータ室は三十人ほどの収容人数なのだが、二十人ほどがいて、しかもちらちらと一か所を見ている。吉岡はその一団の中に走って加わり何やら話をしていた。

皆が何を見ているのかと言うと——結月さんだった。

「津弦くん」

「あ、子百合」

入口付近に子百合がいた。大きな瞳を潤ませている。

「どうした？　なんかあったのか？」

「結月ちゃん、が」

結月さんは普通に座ってパソコンで何やら作業をしているようだった。おそらく書類作りだろう。別段おかしなところは目に付かないけども。

僕がそう思い覗き込むと、

「…………あぁ」

結月さんの手元が見えると、視線の謎が解けた。

彼女——椿原結月は、タイピングが苦手なのだろう。人差し指でぽちぽちと一つずつキーを探しながら押している。

これは、ヤバい。

確かに結月さんは、眼鏡をチャキッとしながら両手で高速タイピングしそうだ。しかもブラインドタッチで。

これではまるでパソコン初心者であり、結月さんの完璧のイメージには程遠い。

……そして、それを皆が目撃してしまっている。

「子百合、これは……」

「いつも、パソコン使うの、私、引き受けてた。けど、今回、断られた」

「……そういうことか」

結月さんを陰で助けていたことがバレてしまったから、彼女は気を張っているんだ。自分が手伝われないように。助けなんていらないと示すために。

こういう結果になるのは当然であった。

それから。

家庭科の授業中。布に刺繍を縫い付けるというものだった。僕がにやにやしながらもやしの刺繍を作っていると、隣の安田が話しかけてきた。

「お、おい津弦。あれ見ろよ」

机の下で指さす方向には結月さんがいた。

皆と同様、一生懸命布に刺繍を施している。カエルの。

もっと言えばアマちゃんの。

いや、ただのカエルにしか見えないけどさ。でも、彼女が縫っているあたり、きっとあれはアマちゃんなのだと思う。

「何作ってるんだ、委員長」

和久が彼女に近づいて声をかける。

「アマちゃ…………カエルよ」

「カエル？　委員長ってカエル好きなのか？」

「え、まぁ……」

そう答えると共に一斉にわくひそひそ声。

さすがにその声に結月さんも気付いたのか、周りを一瞬きょろきょろと観察する。そしてその後、隠すように引き続きアマちゃんを縫っていた。

後から子百合に話を聞くと、

「ああいうの、いつも、私と、相談して、決める。けど、今回、断られた」

子百合の苦労がなんだか分かった気がした。子百合がいつも一緒にいて助けていたからこその結月さんなんだなと思う。

そして家庭科の授業が終わり、放課後。

教室では子百合と色葉が書類を見ながら何か話し合っていた。おそらく学級委員の仕事をしているのだろう。……あれ？

結月さんは？　というか子百合、色葉のこと嫌ってなかった？

「子百合、私がなぞなぞを出してやろう」

「何？」

子百合が面倒くさそうに答える。

「パンツはパンツでも食べられないパンツは？」

「パンツ」

「……む？」

色葉は不思議そうに首を傾げている。多分「パンはパンでも食べられないパンは？」って聞こうと思ったのだと思う。何て不憫な子……。

僕はラノベを閉じ、窓の外に視線を移してみる。すると、そこには見たことのあるような四人組がいた。校庭の端にあるバスケットゴールに向かってだらだらとシュートを放ちながら駄弁っている。

あれは確か……、バスケの試合の時、色葉が助っ人として呼んだ人達だ。

僕は色葉にもう一度視線を送り、席を立つ。近づいても、彼女達の議論が熱くなっているのか僕の存在に気が付かない。

「二人共、何してるの？」

「おお、津弦じゃないか」

「色葉ちゃん、仕事、手伝ってる、でも、ふざけてて、困る」

「だから私は真面目だ！　暇だからせっかく手伝ってやってるのに」

「暇、なの？」

「まぁ、特にすることもないしな」

色葉はどこか寂しそうに視線を斜めに落とした。

僕は素直に思った疑問を口にする。

「でも、明日結月さんとフリースロー対決でしょ？　いつもなら練習してるんじゃないの？　あの四人組もいるよ」

　すると、彼女は「うむ」と言って肘付をした。

「なんだか、やる気が出ないというか、やらなくても十分勝てるような気がするというか」

「色葉ちゃん」

　子百合が睨みをきかせる。しかし、相変わらず可愛らしい瞳のせいで迫力がない。

「すまんすまん。……実際、何なんだろうな。椿原結月はやる気十分なんだけど。それが前とは違うのかな……」

「前？」

「ほら、前はあいつ、割とスルー気味だっただろ？　なんか仕方なく勝負受けてやる、みたいな態度で。だから私も燃えたんだけどな。今は向こうがやたらやる気なんだ。それで調子が狂うと言うか。よし、勝ってやる！　みたいのがないんだよな」

　勝負にシラけてしまっているのだろうか。

「それで、結月さんはどこに？」

「多分、生徒会、準備室。家庭科の、後から、あんまり、元気なかった」

「……そうか」

　以前のことが思い出される。再びあそこで籠っているのだろう。

「どこ、行くの？」

「生徒会準備室だよ」

　子百合は心配そうな瞳で見つめてくる。

「でも、逆効果」

「それでも行くよ。心配だし、様子見ってことで」

　子百合はこれ以上言っても無駄だと判断したのか、それ以上何も言わなかった。

生徒会準備室。中は電気が点いておらず、物音ひとつしない。奥の席で体育座りしている結月さんの姿が目に浮かんだ。

僕は少しためらいながらもドアを開け放つ。

「…………日陰井くん」

結月さんは眼鏡を外し机の上に突っ伏していた。しかし僕がドアを開けるのと同時に起き上がり、目を細めて僕の姿を確認した。

「仮眠とってたの？」

「ええ。……何の用？」

眼鏡をかけ直し、僕できっちりと像を結ぶ。

その視線は、保健室の時のものと似ていた。若干の、敵意。

「いや……読書、かな」

「そう。それじゃ私は帰るから」

「えっ、ちょっと待ってよ」

「鍵は閉めなくていいわよ。先生が点検の時に閉めてくれることになってるから」

彼女は僕の言葉を聞くことを拒否するように教室から立ち去ろうとする。

「やっぱり今日は僕も帰るよ」

作り笑いを彼女に向けるが、一方彼女はそんな僕を一瞥すると無言で歩き出した。

「あ、待ってよ」

結月さんはまるで僕がいないかのように早足で廊下を歩く。

「あの、結月さん。ちょっと歩くの早いよ」

「何か私に用？　…………助けならいらないわ」

「いや、何ていうかさ」

僕の煮え切れない言葉を聞くと、結月さんは階段の前でぴたりと止まり、振り返る。

「助けとかじゃなくてさ……一緒にいたいじゃ、だめ？」

「それは私を助けるために、小無さんみたいにずっと一緒にいたいということかしら？」

僕の恥ずかしいセリフはただ、皮肉によって弾かれた。

「だから、助けるどうこうじゃないんだよ。どうしてそんなにこだわるの？」

「私は誰にも助けられる必要はないの。私は全部、一人で、完璧にこなすことができるのよ。助けが必要なのは弱い人、私はそうじゃないわ」

助けが必要なのは弱い人。その言葉がズキリと僕の心に突き刺さる。

「……違うよ」

「いいえ、違わないわよ。それじゃ、私はもう帰るから」

そう言って踵を返し、階段を下りて行く結月さん。

今、結月さんは大きな不安を抱えている。

『今まで助けられていたけど、本当に自分で全てができるのだろうか』

そんな疑念がぼんやりと渦巻いているはずだ。しかし、その気持ちはプライドによって覆い隠される。

それだったら、彼女を一人にしていい訳がない。それは彼女をただ孤独にするだけだ。

ここでこのまま帰してしまったら、これからもずっと結月さんの傍にはいられない気がする。

今――、何か手を打たなくてはいけない。

「待って。ちょっとだけ話しよう」

だから、僕は慌てて追いかけ肩に手をかけた。

「だからいらな――」

彼女が逆上し、僕の手をはたく。

そして早足に次の段に下りようとして、
踏む込まれるはずの足は滑り、

体が支えを失う。
「え――？」
ふわりと重心を失くす結月さん。
背中から重力に従って落ちる。
途端に髪が乱れ、目が見開かれ、
その視線は僕とぴったり合わさって、
一瞬、覆い隠されたはずの気持ちが露見して、
途端、泣きそうな瞳に切り替わり、
伸ばされた手は、僕に向けられ、
だから、彼女は明らかに助けを求めていて、
「――ッ！」
僕は触れ合った指先を絡め取って引っ張る。しかし倒れ切った一人の体重を起こすには、僕の体勢は不十分だった。
僕はそれでも構わず上腕を軋ませ、彼女を引っ張り上げる。
そして、完全に体のバランスは失われ、
視覚、聴覚、触覚が大きく崩れ、
世界が回り回って、
「ぐっ！」
やがて背中に体を抜ける痛みと共に停止した。
「だ、大丈夫？　結月さん」
僕は抱き寄せる形で結月さんを守れたらしい。
「……私は大丈夫よ。日陰井くんこそ大丈夫なの？」
さすがの結月さんも少し焦っている様子だった。

僕は腕の中の結月さんと目が合い、恥ずかしくなって飛び起きる。

「大丈夫大丈夫！　本当、ぴんぴんしてる」

「そう……」

彼女もゆっくりと起き上がりながら俯く。

「怪我ない？」

「私は地面に触れてないから、少しも怪我していないわよ。日陰井くん、念のため医者に掛かった方がいいわ」

「いやいや、全然大丈夫だって、本当に。結月さんが無事ならそれでよかったよ」

「…………」

結月さんは何かを言おうとしているのか小さく口を開けていた。

「ん？　どうしたの？」

「…………」

そして何回か口ごもっていたが、諦めたのか、そのまま息をはいた。

「それじゃあ、私は帰るわね」

そして、そのまま階段を下りて行く。僕はもう追いかけなかった。

彼女が見えなくなるのを確認する。

「……いって……」

背中に大きく痣ができたと思う。肩が一番の重傷かもしれない。飛び込む形で落ちたので、肩から着地したのだ。

正直、結構痛い。そうは言っても内出血レベルだろうけど。

……もし、華奢な彼女が今の衝撃を受けていたら。

僕はそれを想像して、心拍数が上がった。

こんな状況になったのは、僕が彼女を追いかけたからだ。彼女のためだと思ってやっていたけど、ただ危険な目にあわせただけじゃないか。

「本当、ただのお節介だよな……」

僕が何かをしても裏目に出るだけだ。

彼女とずっと一緒にいて、彼女を一番理解しているであろう子百合がじっとしている。だからきっと、僕が手助けしても無駄なのだろう。

そして、今回こんなことになったし。

もう手助けなんて、やめよう。

……そう簡単にやめられたら、僕はこんな風にはなっていないのだろうけど。


そして、帰り道。

子百合と色葉は言い争いをやめない。

「だから、味噌も、大豆」

「騙されないぞ！　醤油が大豆だと私は知っている。味噌も大豆と言うなら醤油も味噌も同じということになるじゃないか！

小無は馬鹿なのか？」

「むむ。馬鹿は、色葉ちゃん」

「ほう。この私を馬鹿呼ばわりするのか？」

「アメリカの首都、ニューヨークとか、馬鹿の、極み」

「そ、それはだな……私なりのジョークだったんだ」

……これって逆に仲良しなんじゃないの？　とか思っていると、色葉が振り返り、声をかけてきた。

「おい津弦。歩くの遅いぞ！」

体痛いんです勘弁してくださいだなんて言い訳は出来ないので、僕は体に鞭を打って小走りする。

「……津弦くん、だいじょう、ぶ？」

「な、何が？」

　子百合が顔を覗き込んでくるが、僕は視線を合致させないように斜め上に放った。

「なんだか、いつもより、元気ない、から」

「そうかな？」

「……」

　こくりと頷く子百合。

　そう言えば確かに言われてみれば、いつもの僕ではないかもしれない。

　いつもの、僕。

　子百合といる時はいつもセクハラばかりしていた気がするし、色葉といるときはいつもこき使われていた気がする。

　……あれ？　もしかして僕って変態かな？　とかありえない疑問を抱いていると、

「生徒会、準備室、何かあった？」

「……えーっと、いや」

「やっぱり、避けられた？」

「まぁ……そうだね」

　認めるしかなかった。

　僕が視線をずらすと、今度は色葉が声をかけてくる。

「津弦があいつに何かしたのか？」

「別に何したってわけじゃないけどね。今はもう……どうしたらいいんだろうね」

「……お前はどうしたいんだ？」

「僕？　そりゃあ、結月さんを助けたいよ」

「どうしてだ？」

「それは結月さんの悲しむ顔が見たくないから」

そして、自分のようになってほしくないから。

「そうか。だったらそれだけを考えて行動すればいいんじゃないか？　津弦のやり方はいつも少し遠回り過ぎる。もっと真っ直ぐ、ばびゅーんってすればいい」

ばびゅーんって何だよとか思ったけど、今はつっこむ気力もない。

色葉の言う事は確かに的を射ていたから。

彼女にとって、僕のやり方はきっと苛立つのだろう。色葉は、いつも真っ直ぐに、シンプルに物事を済まそうとする。

なんだか色葉と和久の考え方は似ているなと思った。

子百合が口を開く。

「そんな、簡単、じゃない」

「何がどう簡単じゃないんだ？」

「結月ちゃん、期待」

「うん？」

すかさず僕がフォローを入れた。

「結月さんは、皆の期待に応えたいんだよ。結月さんは『完璧』ってイメージを背負ってる。その自分のイメージを壊してしまう事を一番恐れてるんだ」

「なるほど。……よく分からないな」

よく分からないのかよ。

「えっとね、つまり……皆のためにも、結月さんは僕らの助けを受け入れるわけにはいかないんだよ」

「皆のために意地を張ってる、というのか？　……くだらないな」

結月さんの生き方を色葉は一蹴する。

「自分の人生なんだ、自分のしたいようにすればいい」

「結月ちゃんは、あなたみたいに、自己中、じゃない」

「自己中で結構だ。そんな窮屈な生き方、私はしたくない」

お互いがお互い譲らないので軋轢が生じ始めている。やはり、あまり仲良くないのかもしれない。特に結月さんに関して、二人の意見はまるで一致しない。

「待ってよ。お互い言う事は分かる。……僕は思うんだけど、結月さんって周りからの期待だけでやってるだけじゃないんだと思うんだよ」

「それってどういうことだ？」

「自分も、皆の前に立って皆を導いてそして喜びを分かち合う。そういうことが好きなんだよ。だから、自分のためのプライドでもある。彼女は皆の期待に縛られているのもあるし、自分でやりたいという気持ちもある」

「要するに、縛られたいってことか？　とんだドＭだな……」

「びっくりするほど全然違うよ！」

僕はこうやって色葉と話しながらも、今、結月さんはどうしているのだろうと、そんなことばかりが気になっていた。


結局、僕は答えが出なかった。

だから昼休みの今も、こうして行動することが出来ない。

……いや、行動しないということが、僕の答えなのだろう。もちろん、僕はこの答えに納得はしていないけど。

「おい、津弦～。なんで最近一緒に遊んでくれねーんだよお」

「たまたまね、最近忙しくて」

僕は肩を組んでくる吉岡をなだめていた。

「俺、寂しくて夜も寝られない……」

「随分乙女チックなんだな」

「つれないなぁ……あ、そうそう。今日の体育、いよいよフリースロー対決じゃねえか」

「ああ！　どうなるかな」「多分一色が勝つだろ」「は？　じゃあ椿原結月様が負けると言うのか？」「だって前のバスケの時だって、結局全然だめだったし」「馬鹿、あれは他のメンバーが結月様にパス出さなかったからだろ」

皆思い出したようで、昼休みの教室がわく。と言っても僕らの集団だけだけど。

この声量、絶対本人達に聞こえているよな、と思いながら視線を色葉に移してみると、

あれ？

色葉は意外にも、こちらの声には耳も貸さずに窓の外をつまらなそうに眺めながらメロンパンをもっさもっさ食していた。

結月さんの話題には、もっと耳を傾けていると思ったのだけど。

いつものように髪の毛をくるくるといじっている。これは、つまらないという意思表示なのだろうか。……興味が失せている。もうしばらく彼女の輝く瞳を見ていない気がする。

そして今度は結月さんに視線を移すと――、

子百合と目が合った。……うん、本人は睨んでいるつもりなのだろうけど、そんな表情も可愛らしくなってしまうのが小無子百合である。

それで一方、結月さんは……髪で顔が隠れていて表情を確認することができない。こうやって見る限り、特に目立った変化は見当たらない。

小無が反応を示している限り、クラス中に吉岡達の会話は響いているはずなのだが。

「じゃあ俺は一色が勝つに二十円賭ける！」

吉岡の言葉に皆がまた笑う。

「やっす！　もっと賭けろよ！」

「前回の賭けで五千円持ってかれたの皆知ってるだろ。俺からそんなに搾り取って嬉しいかよ！」

僕はひやひやしながらもう一度視線を学級委員の方に向けると、今度は和久が睨みをきかせていた。これは洒落になりそうにない。

不穏な空気にさとい僕は、すかさずフォローを入れる。

「吉岡、それよりゲーセン行った？　新しい機種出てたけど」

「え？　マジ？」

彼がゲーセン好きでよかった。そして新機種好きでよかった。

なんとか集団の話題を逸らすことに成功した。

別に、彼らだって悪気があるわけじゃない。ただ、全てを面白おかしくして過ごしたいだけなのだ。


そして、そのまま体育の授業になってしまった。

結月さんと色葉は、それぞれひとつボールを持ち、フリースローライン前で話している。

「一色さん、準備はいいのかしら。それともやっぱりやめる？」

「いや、やるよ」

「そう。私との正々堂々の勝負で逃げないことだけは褒められることね」

「……」

結月さんと色葉の立場が料理対決の頃と比べて逆になっている気がする。皆もやはりそう感じているのだろうか、ゴールを囲う人だかりの中から結月さんを批判するような声もちらほらとあがっている。

観衆は約二十人。以前よりも盛り上がっているように思う。

どちらが先にシュートするかを決めていたようで、色葉がライン前でボールを構えた。

「結月ちゃん、がんばって、ほしい」

隣で子百合が祈るように見つめていた。

どうやら勝負が始まったらしく、色葉はボールを放った。

そしてその第一投は――決まった。

シュッ、という小気味良い音と共にただネットにだけ触れて吸い込まれるようにリングの中に入った。

「おぉ！」「よっしゃ！」「負けるな結月様！」「俺、一色さんのファンになろうかな」

様々な声が聞こえてくる。

そんな中、子百合はさらに不安げに眉を下げていた。両手を胸の前で組んでいる。

「……」

シュートを決めた色葉は、つまらなそうにボールを拾いに行って、結月さんの後ろに並ぶ。

続いて結月さんの番であった。

「なかなかやるのね」

一言、色葉に呟いてラインの前に立つ。

静まり返る観衆。期待の視線を一手に引き受けている。

その期待の一つ一つが形を得て、彼女の肩に背中にのしかかる幻想が、一瞬だけ僕を惑わした。

「津弦くん、どこ、行くの？」

「教室戻ってるよ」

だから僕は、その重荷を一つでも減らしたくて、声が充満した体育館を後にした。


結果が3対0で一色色葉の圧勝だったということは、嫌でも聞こえてきた。


放課後になり、色葉は男子達から声を掛けられるのを鬱陶しそうに一蹴して帰って行った。

一方で——

僕は自分の席から後ろをうかがう。

そこには書類とにらめっこしている結月さんがいた。僕が五分ほど前見たのと同じ紙を見ているあたりから、読める精神状態ではないのだろう。

いつもと同じように見えるが、それは外側だけで、内面はぼろぼろだ。

僕は席から立ち上がれないでいた。どうして、僕は何もできないで座っている……？

しかし、そんな漠然とした苛立ちは、肯定へと収束する。

これでいいんだ。僕には出来る事がない。彼女を励ますことは出来ない。

……それが、たまらなく嫌だった。

和久も結月さんの変化に気が付いたのか、彼は荷物をまとめながら結月さんに尋ねる。

「どうした？　何かあったのか？」

「あっ、いえ。なんでもないわよ」

「そうか？　何か暗い顔してるぞ。何かあったら話聞くからな」

彼はすらすらとなんでもないふうにそれらの言葉を口にした。しかし、相変わらず結月さんは反応を見せない。

――けど。

そのやり取りを見て、僕の中でもやもやとした気持ちが噴き出してくるのが分かった。

言うまでもなく、分かりやすい感情。

羨望からの嫉妬。

その時、教室のドアが開き、見知らぬ男子が入ってきた。和久に声を掛ける。

「センパイ。もう相談室やばいっすよ。早く来てください」

「悪い悪い。今行くわ」

そして和久は教室から出て行く。

今日もなんでも相談室なのだろう。

ああやって、全ての悩みに対して率直に直接、真っ直ぐに対応している。

困っている人がいたら声をかける。

ただそれだけのことが、様々な考えにはばかられて僕には出来ない。

『目立ちたくないから』

……なんだよそれ。自分でもそう思う。

だけどこれは正しくは、

『目立てないから』

だと思う。僕のステルス潜航は天然ものなのだ。

僕は、凡人なのだ。納得したくないけど、理解している。

そんな凡人な僕は、完全彼女に対して一体何が出来るのだろう。

彼女を助けたい。

助けると迷惑になる。

例えば物語があって、そこには誰でも救える主人公がいて。

そんな彼なら、この矛盾をどう突破するのだろうか。

僕は、主人公に話を聞きに行くことにした。


なんでも相談室の列に並び始めてから二時間。

もう二度と並ばないと誓った。この身に誓った。二時間って。何のアトラクションだよ。

ようやく先頭になった僕が学級委員室の扉を開けると、そこには疲れを知らない和久忠の姿があった。

「お？　津弦じゃん。何？　わざわざ並んでオレに相談か？」

「まぁね」

「津弦なら別にわざわざ並ばなくてもいつでも相談受け付けたのに」

いつも君が忙しくて捕まえられないからこうやって来たんだけど。

僕は心から待ち望んだ椅子に座る。

「あ、はい。じゃあ五十円よろしくな」

「やっぱ金取るのか……」

「そういうルールだからな。一人だけ抜きにはできねえよ」

いかにも彼らしい。

僕はお菓子の缶に五十円玉を入れる。中には溢れんばかりの五十円玉があった。五十円玉で鎧が編めそうなほどにあった。

「それで、何の相談だ?」

「あぁ……」

僕は長蛇の列で憔悴しきった脳みそをかろうじて回転させて、相談内容をまとめる。

「あのさ、結構抽象的な話になるんだけど、いい?」

「分かる範囲ならな。取り敢えず話してくれないと分からん」

僕は自分が体験している話を抽象化する。

「えっと……例えばさ」

「おう」

「自分に助けたい人がいるとする。だけど、その人が自分の助けを迷惑だと言って拒否するんだ。どう見ても助けた方がいいのに。そんな時、和久ならどうする?」

彼は、僕の話を具体的状況に落とし込んでいるのか、少し考えた後、口を開いた。

「それは、助ける」

だろうな、と僕はその返答に驚かなかった。僕が聞きたいのはその先だ。彼の哲学が知りたい。

「でも、助けると迷惑なんだよ?」

「それでも、助ける」

「……どうして?」

「だって、どう見ても助けた方がいいんだろ？」

「それは、そうだけど……。それでも向こうから見たらただ迷惑なだけかもしれない」

彼は頭がこんがらがったのか。またしばらく沈黙した。

そして、

「オレは、オレだから。別に相手のためを思って助けてるわけじゃねえよ」

「……は？」

思わず正直な気持ちがそのまま声になって飛び出した。

「相手のためを思って助けてるわけじゃないなら、何のために助けてるんだよ」

「簡単だ。何にも考えてねえんだって」

「んあ？」

別に喧嘩を売っているわけじゃない。心の脊髄反射である。

「ただその場でしたい行動をしてる。相手が迷惑だろうが関係ねえな。オレが、助けが必要だと判断したなら助ける。突っ込むといけない事情だろうと判断したらそれ以上は突っ込まない。そんだけ。いわば直感だ」

「は、はあ」

気の抜けた声が出る。

「あー……、そうだな。なんか今、思い出したんだけど」

「何？」

「オレが小学校の頃、夏だな。外の公園で遊んでた時にふと、公園の端に小さな女の子がいることに気付いた」

一体何の話なのだろうか。

「彼女はな、木の幹をずっと見てたんだ。オレも気になって木に近づいてみた。……そこには、毛虫がいたんだ。オレは、その女子が毛虫を取りたがっているのかと思った」

あぁ、和久ならやりそうだ。

「そしてその毛虫を彼女に渡したら、泣かれたって話。そいつは、ただ毛虫を観察してただけなんだ。あるだろ？　嫌いだけど、見ちゃうものって。警戒っていうのか？　よく分からねえけど」

「……それで？」

「微妙な話だけどな、要するに、人は結局、自分の気持ちしか結局分からないってこと。うん、そうだ。これが言いたかった」

彼は一人で納得していた。

「だからな、津弦。オレは他人の気持ちを考えることをやめた。オレには毛虫を欲しがってるように見えたんだからしょうがねえんだって。実際、毛虫を欲しがっていたならそれでいいし、そうじゃなかったら、残念ってだけのこと。何もしないよりかは、その二分の一の確率に賭けたいだろ？」

そこで臆病にならないで行動してしまうのが、和久なのだろう。

「オレはいつだって自己中だ。自分が思った行動しかしない。そして、それが最善だと思ってる」

「……そっか」

僕はか細い相槌を打った。僕なら、夏の公園の女の子に何もしなかっただろう。そしてそれこそが、僕が僕である所以なのだ。

彼の考えが聞けたのは嬉しいが、参考にはならなそうだった。

「ありがとね、和久。参考になったよ」

そして僕が嘘をついて学級委員室を後にしようとすると、和久が僕を呼び止めた。

「でもな、あくまでこれはオレの考えだ。津弦がこう考える必要はない。全員オレみたいなやつだと困るだろ？　なんつーか、皆それぞれ役割があんだよ」

「それぞれ……？」

それぞれの役割がある。

その言葉が、僕の中に沁み込むのを感じた。

役割。

例えば、完全な主人公。例えば、ステルスな脇役。

もし、そこに物語があって主役がいたのなら、主役は大活躍するだろう。そして脇役は脇役らしく目立たず、いいように都合良く消費されていく。物語の帳尻合わせ。おいしくない役だ。

——だけど、脇役がいないと物語を語ることはできない。

同じく物語を作っている人物だから。主役だけなんて、虚しいだけだろう。

僕には僕の役割が、和久には和久の役割がある。

それは必ずしも重ならない。

「ありがとう和久！　なんかいける気がするよ！」

僕は立ち上がり、彼の手を握る。

「お、おう。何か知らんが、がんばれよ」

彼は驚いたように手を握られていた。僕はその勢いのまま、教室を飛び出す。

いけるぞ、いける気がする！


「でね！　いける気がするんだよ！」

「そう、なの」

僕は玄関で見つけた子百合を捕まえて一緒に帰りながら、今までのことを話していた。

「やっぱり僕には僕なりのね、うん。確かにその通りだよね」

僕が生き生きと話す一方、子百合はあまり元気がないようだった。

「どうしたの？　子百合」

「……」

子百合は何も答えずにただ軽く俯いていた。

「……？」

訳が分からずに彼女を見つめていると、途端、ノートを取り出して殴り書きした。殴り書きと言っても、その字はとても綺麗で揃ったものだけど。そして子百合はノートを僕に渡す。

僕はさっそく目を通した。

『確かに和久くんには和久くんのやり方があって、津弦くんには津弦くんのやり方がある。だけど、具体的には何？　津弦くんが今までやっていたことは、津弦くんのやり方じゃなかったの？』

「あ……うん……まぁ、そうだよね」

何がそうだよね、だ。

僕はなんとなくテンションが上がっていたけど、良く考えてみればそうだ。具体的にどうやって彼女を助ける？　僕なりのやり方ってなんだ？

「そんなに、簡単なら、私が、やってる」

その通りだった。

子百合だっていつも結月さんのことを考えている。彼女のことを何とかして助けようとしている。だけど、何もできていない。それは、僕も一緒だ。

「……ごめん。なんか、軽々しく希望を与えるみたいな真似して」

「いいの。それだけ、結月ちゃんのこと、考えてくれてるって、ことだから。それは、嬉しい」

子百合はふんわりと優しく微笑んでくれた。セクハラのやり取りを始めたいくらいに可愛かったが、今はその作り笑いが、僕にとっては痛かった。

苦しんでいるのは結月さんだけじゃない。子百合もだ。それに、最近の色葉の様子も何か変だった。

結月さんは、皆に影響を与える。

もちろん、僕にだって。

「遠いなあ」

「……？」

僕がこぼした声に、子百合は首を傾げる。

「あー、いや。僕は果たして結月さんに影響を与えられるのかなって」

「……大丈夫。結月ちゃんは、優しい人、だから」

僕の曖昧な言葉に対応して、子百合も曖昧な言葉を返してくる。

結月さんは優しい人だから、僕の言葉にも耳を貸してくれるのだろうか。

「あんまり、無理、しないで」

僕は無意識に、難しい顔をしていたのだと思う。子百合が僕の顔を下から覗き込んでいた。

「大丈夫だよ。心配してくれてありがと」

頭を撫でると、良い匂いが漂ってきた。長い髪は手入れが大変だけど、風になびいて綺麗だし、何しろ艶があって触りたくなる。

「なんで、にやにや、してるの」

「うん？　いやだなあ。そんな犯罪者を見るような目で見ないでよ。子百合が心配するようなことは何もしてない。安心して。髪の匂いを嗅いでただけだよ」

「……変態」

「おいおい、漂ってきたんだから仕方ないんだって。風が吹いたら長髪は香りを運んでくれるでしょ？　それはもう僕のせいではなく、ここに風を吹かせた自然現象、そうだな。神様の意思って言っても過言じゃない」

「過言」

「そう？　……そうだな。もっと考えれば、そもそも子百合が僕好みの長髪にしているということ自体が運命だと言えなくもないし」

「言えない」

「そんな……子百合、最近つれないよ」

「つれる」

つれるんだ……。これって喜んでいいの？

相変わらず子百合は、僕をじとーっと湿った視線で非難してくる。そんな顔も可愛い。背のびして耳打ちしている姿とどっちがグランプリなのか、脳内審査会を開いていると、

「……津弦くん」

「ん？」

子百合は急に歩みを止め、僕の手を握る。僕もすぐに歩みを止めて彼女に向き合った。子百合は俯いてしまっている。

あれ？　なんだろう。告白かな？

そして、ゆっくりと、恐る恐る顔を上げた。

「ごめん、なさい」

「え……？」

彼女から絞り出された声は、まるで予想していない言葉だった。

先ほどのやり取りで明るくなった空気が再び暗くなった。

「どうして謝るの？」

「私が、手伝うように、言ったから、結月ちゃんと、気まずくなったし……こうやって、悩んでる」

一言一言区切るのはいつものことだけど、今回はいつもより重く、気持ちが乗っているように感じた。

「ずっと、謝り、たかった。………ごめん、なさい」

どうして——。

ふと、心にそんな言葉が浮かぶ。

どうしてそんなことをずっと心に秘めて置いたんだ。僕は全然気にしてないのに。ずっと言い出せなくて、罪の意識に苦しんでいたのだろう。

「謝る必要なんてないよ。むしろ感謝してる」

「かん、しゃ？」

「そうだよ。結月さんのことたくさん知れたし、こうやって子百合とも仲良くなれた。だから子百合が僕に手伝いを頼んだのは間違いじゃなかったし、それを引き受けた僕も間違ってなんかない」

和久なら断っている。だから僕も断るべきだったんだ。そういう風に思っていた。

だけど、僕は僕なんだ。

僕だったら、何度あの場面に立ち返っても結月さんを助けることを選んでいただろう。

全てを『良かった』にするためにも、僕は結月さんを助けなくてはいけない。

僕は子百合の手をゆっくり握り返す。

子百合は間違ってなんかいない。君の選択を、間違いになんかさせない。

「大丈夫だよ。僕に任せて。必ず何とかするから」


とは言ったものの具体的な手段はやはりなかった。僕らしく結月さんを助けるってどうすればいいのだろう。その疑問は授業中も昼休みも放課後も寝る前も夢の中でもずっとずっと僕の頭の中を支配した。

陰ながら助ける？　それは既に実践済みだ。こんなに警戒されている中、それは不可能だと考えた方がいい。

んー、何だろう……。浮かばない。

でも、僕は後悔していなかった。何とかして結月さんも、子百合も、つまらなそうな表情ばかりするようになった色葉も、僕が絶対に何とかしてみせる。

その決意だけは鈍らなかった。

「どうしたんだよつづる〜ん。そんな怖い顔されたら俺びびっちゃ〜う」

吉岡がふざけて僕に絡んでくる。

「どうしたんだよ。最近やけにテンション高いな」

「そりゃあ最近は面白いことばっかりあるからなぁ」

吉岡は好物のから揚げを食べながら言った。

「そうだよなー、次は何の勝負するんだろ」

安田も声を上げる。

しまった。話題がいけない方向へ向かっている。

「本当やべーよな。中学時代バスケの授業でダンクしてゴールを破壊したって噂あったけど、あれは嘘か」

むしろ信じていたことにびっくりだよ。

「いや、にしてもだよ？　未だに信じられないわ。あの椿原が、なあ？」

テンションが上がっているのか、吉岡の声は大きい。最近いつもこうだ。本人に聞こえるとか考えないのだろうか。

僕は恐る恐る視線を移す。

一色色葉は、今度は若干こちらを睨んでいた。不機嫌そうに髪の毛をいじりながらあんぱんを咀嚼している。

学級委員メンバーの方へ視線を移すと、最初に飛び込んでくるのはやはり大きな瞳。小無子百合である。目を細めてこちらを観察している。

『僕に任せて』とか言ったのに、今こんなことになっている。……不甲斐ないな、本当に。

僕は小さな勇気を振り絞って、半ばやけくそ気味になって彼に注意する。

「吉岡、もうちょっと静かにした方がいいよ」

「んー？　昼休みだから騒いでいいんだよ。そういう時間だからなー」

まるで聞く様子がなかった。

「だってさ、タイピング見たか？　すごかったぜ、あれ」

「俺見れなかったんだよなぁ、くそー」

別の取り巻きまでもが会話に加わり、さらに盛り上がりは大きくなった。

ぐっと足に力がこもるのが分かる。

「あの刺繍もさ、カエル？　だよな、あれって」

だから何だよ。別にいいじゃないか。タイピングができなくたって、カエルが好きだって。吉岡だってタイピング得意な方じゃないし。

楽しい話がしたいだけなんだろ？　何かを小馬鹿にして皆で笑いたいだけなんだろ？

その犠牲に、クラスのためにがんばっている結月さんを選ぶなよ。

……やめやめ。落ち着け僕。

ほら、深呼吸だ。僕がここで吉岡を黙らせて何になる？　僕は脇役だぞ。

「まぁ、そもそもフリースローで負けたしな。しかもボロ負け」

場がわいた。

その嘲った笑いは、僕の頭に響き、血を沸き立たせる。

いい加減に……いい加減に——

「ちょっと、お前らさ」

教室が一瞬にして静かになる。

立ち上がったのは、誰だ？　僕は自分を確認する。

しっかりと座っていた。

僕は振り返る。目に飛び込むのは、主人公、和久忠の立ち上がった姿。

真顔ではあるが、目がやけに据わっている。これが、彼の怒りの表情なのだろう。圧倒的なまでの存在感である。

僕はこれからの展開を予想して子百合に目配せをする。向こうも僕を見ていた。目を合わせて数秒、子百合がこくりと頷く。

「結月ちゃん。飲み物、買いに行こう」

そう言い、結月さんを立たせた。

「……そうね」

もしかしたら断るかもしれないと思っていたが、今はその強がりさえも忘れてしまう精神状態なのだろう。

完璧の崩壊。

今、彼女が最も恐れていた状況が起こっているのだから。

彼女達が教室から出て行くと、満を持したように和久がもう一度口を開く。

「その、なんだっけ、吉岡だっけか？　お前だよ」

「え、俺？　俺っすか？」

へらへらと周りの友人達と笑う吉岡。しかし本人も皆も苦笑い気味である。それほどに和久は一目置かれる存在であるということだ。

「さっきからさ、聞こえてんだよ。委員長の悪口言ってんじゃねえよ、なあ」

「いや、悪口っていうかさ」

「悪口だろ？　タイピングがどうとか刺繍がどうとか言ってたじゃん。その前からもさ」

「だから、悪口じゃなくて冗談、みたいなさ……」

「いやいや、悪口じゃん。本人いるって分かってんの？　つーか本人いなくてもそういうこと言うなよ」

あくまでも吉岡は面白おかしい話題のネタとして言っているだけだ。そこまではっきりとした敵対心は持っていないのだろう。

それに、クラス皆が注目しているこの場で彼女の悪口を言っていたことを認めるとなると、自分が悪者になってしまう。吉岡も別に悪者になりたいわけじゃない。だから中途半端に逃げることしかできない。

それを追い詰めるように和久は続けた。

「大体さ、委員長はお前らのために一人でがんばってんだぞ？　それをそんなくだらない理由でぐちぐち言ってんじゃねえよ。お前らが帰りにふらふら遊んでる間に委員長は仕事してんの」

「俺は……だから違うんだって……」

吉岡は目を逸らし、冷や汗を浮かべる。

その姿が、かつての僕にそっくりだった。

――吉岡の気持ちが、僕には分かる。

主役になりたいんだ。

だからなんとなくクラスの中心人物、自分以上の存在感を放つ人が気に食わない。無意識に非難し、貶めようとしてしまう。分かるよ。自分が憧れる人物像が身近に実際いるんだもの。自分のレベルの低さを常に見せつけられるのだから。苦しいに決まっている。

だけど、いつまでも本来の自分から目を背けていてはだめなんだよ。

それはまるで、テレビを消す瞬間のような。

それはまるで、友達と別れた直後のような。

そんな寂寥感と孤独の中で、自分自身を見つめなきゃいけない。

そして、選ぶんだ。

主役になるのか、脇役になるのか。

主役になりたいのなら、それはもう色葉くらいの努力を重ねなくてはならない。それをしないで物語の中心人物になれるなんて虫のいい話はないんだって。

努力が出来なくて覚悟もないのなら、さっさと自分の実力を認めて僕みたいになれよ。

……はあぁぁ！　すっきりしたああぁぁ！

「いや、っていうか和久もなんだよ。いきなり絡んできて」

「もともとの原因はそっちだろ？　オレだって絡みたくて絡んでるんじゃねえよ」

僕が心の中でストレス発散している間も、言い争いは続いていた。

「お前ら前からそうじゃねえか。人が真面目にやってることを面白おかしく馬鹿にして」

「だから、別に馬鹿にはしてないっていうかさ」

なおも和久の攻撃は続く。

――だけど。

僕は今だからこそはっきり分かる。僕は僕で和久は和久。僕らははっきり違う。

彼は今、自分の信念に基づいて行動しているだけだ。つまり、彼が立ち上がった理由は『委員長の悪口を言うやつが許せなかった』だけ。

それを正そうとしている。本当にそれだけなんだ。

確かに和久の言うことは正論で正義だ。


だけど、それで結月さんが助かるのか？

正義を振りかざしてこの場をおさめたとして、結月さんの失った立場や自信は戻るのか？


――そう。

正義は彼女を助けない。

僕は彼とは違う。僕はただ、結月さんを守りたいだけなんだ。

正義なんて知ったことか。

結月さんが笑顔になれるなら、それでいいんだよ。

――それが例え、皆を騙すことであったとしても。

決意。

後はそれを後押しする勇気。

「いやいや、俺らだって別に、事実を言ってるだけでさ」

「どう聞いても馬鹿にしてただろ。分かんだよそういうの」

二人が言い争っている。

僕の行動は早ければ早いほどいい。

僕の足は小刻みに震え、これからする行動を拒否する。

注目。視線。ひそひそ声。否定。失望。重圧――。

それがなんだっていうんだ……！

結月さんが苦しんでいる。

おい、脇役！　ここで助けないでいつ助けるんだよ！　自分が主役になれないならせめて支えろよ！

……考えろ。


僕はどうして結月さんを助けたいんだ？


思い出す。

学級委員を勝手に次々と指名する鋭い視線。

完璧を確かに感じさせた。同じく完璧を目指した者として、僕は嫌悪感を抱いていた。しかし、それと同時に期待していた。

彼女なら、本当に完璧なんじゃないだろうか。

だけど――

炭酸を苦しそうに少しずつ飲む結月さん。

自分の名前で噛んで顔を赤らめる結月さん。

クレーンゲームに困惑する結月さん。

アマちゃんを見て頬を緩ます結月さん。

そして、子供に向けて可憐な微笑みを浮かべる結月さん。

冷徹な裏の、温かい彼女。

熱くなった春風が僕を包んで、
花びらを躍らせ、

結月さんの髪を撫でたあの時。

——完璧は崩れた。

そして僕は思ったんだ。

——ああ、これは『完全』だ、と。

寸分の狂いもなく、文句なしに、純然として、完全だ。

膝を抱えて目を腫らしている彼女のそばにいたいと思った。

常に背負っているその重圧を少しでも僕が背負おうと思った。

彼女が痛い思いをするなら僕が代わりになろうと思った。

彼女のためなら、今、立ち上がろうと思った。


「つまり……」

目頭が熱くなるのを感じる。

「僕は、結月さんが、大好きなんだよ」

そして僕は溢れそうな涙を拭い、足に力を込める。

もう僕の足は震えなかった。


ギギギ……。


僕の椅子を引く音は、鈍く、そして低く教室中に響き渡る。

「言い争い、ちょっとやめてくれない?」

二人の発展した激論はやみ、皆が僕に注目している。

ぎろりと集まる視線視線視線。僕は咄嗟に立ち眩むが、踏ん張って我慢する。

「十日くらい前の放課後に結月さんに荷物運びをお願いしたんだ。結構大きなダンボールだったから二人で運ぼうと思ってね。

ほら、クラスの書類運びはもともと学級委員の仕事だったし」

あはは、とできるだけ乾いた笑いを演出しながらも、僕は早くも手が震え始めていた。

「それで、それを持って二人で階段を下りたんだ。僕が下でさ。後ろ向きだから慣れてなくて、つまずいちゃって……それで荷物に引っ張られて結月さんも一緒に階段から落ちちゃったんだ」

クラスの皆の視線は誰一人と散る事なく、僕を見つめ続けている。僕の心拍数は徐々に上昇し、呼吸も荒く激しくなってきた。目が潤い始めるのを感じる。

「幸い僕は怪我がなかったけど、結月さんは飛び込むような形で、しかも目の前にダンボールもあったし僕の上に落ちるのも避けてくれたみたいで、変な手首の着き方をしたんだよ。多分捻挫かな」

ふと、色葉と目が合った。僕は少し、ほんの少しだけ落ち着きを取り戻し、大きく息を吸う。

「……キーボードのタイピングもそれでうまく出来なかったらしいし、刺繍も当初はもっと難しいものにしようとしてたらしいんだけど簡単なのを選ばなくちゃならなくなって。だから、もちろんバスケでうまくシュートなんて打てるわけがないんだよ。椿原結月さんがここ一週間少し様子が変だったのは、手首の怪我のせいなんだ。もっと言えば、仕事を頼んだ僕のせいなんだよ」

言い終わると、僕は机の上に両手をついて俯いた。涙が溢れそうだった。

もうこれ以上は無理だ。なんだか唾に酸っぱい物が混じって来てるし……あれ、これって胃液？

ゆっくりと顔を上げると、皆はまだ僕に注目していた。

「そういう訳だから。……あ、えっと、ちょっとトイレ」

非常に残念な偽装した理由で僕は教室から脱出した。

それと同時にため息がでる。もちろん安堵のだ。酸っぱい物も胃に下がった。

人の視線にさらされるのはやはり危険過ぎる。

僕が教室から出て数秒すると、中ががやがやとし始めた。恐らく二人の言い争いの熱ももう冷めているだろう。

作戦としては、成功だろう。

「……そういえば」

結月さんはどこだろうか。

子百合もついていたし、生徒会準備室じゃなくて保健室かな。

僕は保健室に足を向ける。


「あれ？　子百合何やってるの？」

保健室の外の廊下に子百合が後ろで手を組んで突っ立っていた。

「中、結月ちゃん、一人に、してる」

恐らく、結月さんがなんだかんだ言って彼女を追い出したのだろう。そして、心配性な子百合はこうやってここで結月さんを待っていると。

「教室、どうなった？」

「何とかおさめてきた」

「津弦くん、が？」

「そうだよ」

子百合は怪奇現象を目の当たりにしたような視線で僕を見つめてくる。

「……どう、やって？」

「まぁ、それは後で説明するよ。それよりも今は結月さんと話をする」

「でも、追い出さ、れる」

「大丈夫。今が彼女の正念場だと思うんだよ」

「でも……」

不安げな瞳で見上げてくる。何度見ても可愛いなあ。しかし今はセクハラしてる場合じゃない。

僕は彼女の頭に手を乗せる。

「僕に任せてって言ったでしょ。大丈夫だって。何かあれば子百合にも頼るから」

「……分かった」

子百合はまだ少し眉を下げながらも、保健室の入り口を通してくれた。

中には保健室の先生がいなかった。昼休みだから職員室でお昼を食べているのだろう。右には薬などが大量に収納している白い棚。真ん中には先生の大き目のデスクがあり、左にはベッドが三つ置かれている。そして一番奥のベッドのカーテンが閉められていた。

「……」

僕はそっと近づき、そのカーテンを開けると、
普通に寝ている結月さんがいた。眼鏡はたたまれて枕の横に置いてあり、僕に背中を向けているため寝顔は拝めない。

「……日陰井くん?」

彼女はどうやら眠ってはいないらしい。僕に背中を向けたまま声を掛けてきた。

「よく分かったね」

「なんとなくよ」

「……そっか」

気持ちの乗らない短い言葉を重ね、それさえも終わると僕らは沈黙してしまった。

そしてやがて、

「戻っていいわよ。私はただ睡眠不足で具合が悪くなっただけだから」

「戻らないよ」

「次の授業が始まるわよ?」

「うん……じゃあ僕も寝不足ってことで」

「……」

もそり、と彼女は体を起こし、僕の方へ体を向けた。その瞳はいつものように凛々しかったが、視線は真っ直ぐ僕を見つめてはいなかった。

「これで私を手助けしたとか思っているの？」

「思ってるよ」

「残念だけど、私は今一人になりたいの」

「だけど、今一人にはしたくない」

　結月さんは僕の目をちらりと見て、深くため息をついた。

「……どうしてよ」

「少しだけ、結月さんの気持ちが分かるから」

「私の？」

　彼女は呆れた視線を向ける。

「そうだよ」

「どうしてよ。私とあなたじゃ全然違うじゃないの」

「確かに違うね。だけど、昔は志だけは一緒だったんだよ」

「……どういうこと？」

　結月さんは不機嫌そうに話を催促する。

　僕は、出来るだけその話をしたくなかった。それは、本当の僕の話なのだ。僕が吉岡のようにごまかし、ネタとして消化してしまって目を背けていたもの。まるで余裕をかたわらに潜ませているかのように、自虐していたもの。

「大した話じゃないんだよ。僕が中学の頃、リーダーを目指してたって話」

　結月さんが話を聞いてくれそうだったので僕は続ける。

「僕は、自分は主人公だって、誰にも劣ってないって本気で思ってたんだ。だから、中学校の頃、委員長をやったことがある。

……想像できると思うけど、散々だったよ。信頼がないんだから当然だけど。それでも僕は、自分がクラスをそれなりに上手くまとめてると思ってた。別の人に任せたらもっとひどくなるって、そんな風に思ってたんだ」

僕は自虐的に笑みを浮かべる。

「決め手は、そうだな。バスケの試合。僕はバスケ部に入っていたんだ。毎回練習には出ていたけど、上手い方じゃなかった。そういう人っているでしょ？　でも、僕は自分では上手いと確信してたんだ。いざという時に出来るやつだって思ってた」

「……うん」

「試合、大事な試合だった。何せそれが僕らにとって最後の試合だったんだから。僕らのチームは割と強かった。だから良い順位までいけると誰もが思ってた。でも、そんな慢心からか、試合は競って……最後の2秒、僕は交代要員として試合にたまたま出てた。そしてファールをもらって、最後のフリースローを自分が打つことになった。二本とも入れれば勝ちだ」

僕は淡々と語る。出来るだけ、トラウマを思い出さないように。

「二本とも外した。……失望したね、自分に」

フリースローを打つ時の視線。背中に刺さる味方の視線。呪う様な敵の視線。観客の願いの視線。全てが、自分を追い立てているように感じた。

僕はそれから視線が怖くなった。自分が責められているという被害妄想に取りつかれるようになった。

「僕はそれから身の程をわきまえることにしたんだ。僕には能力も器もなかった。だけど……結月さんは違う」

「……やめてよ。私は日陰井くんと一緒よ」

「そんなことない」

「もう疲れたのよ。私を過大評価するのはやめて……！」

「過大評価なんかじゃない」

彼女は俯いてしまう。いつもの凛とした態度は感じられず、枯れかかっていた。

「私は……あなたと小無さんの助けがあったから今までやってこれたのよ」

「…………」

彼女は目を潤ませる。

返す言葉がなかった。

彼女の心は、打ち砕かれてしまった。

それを僕は成す術もなく見つめる事しかできない。

どうして――

こんなにも彼女を助けたいのに、僕みたいになってほしくないのに。

「僕は、結月さんの気持ちを理解できる。だから頼ってほしい」

「私の気持ちが分かるのなら分かるでしょう？　頼るって、私になんの実力もないってことじゃないの」

こうやって見ると、まるで生気を失くしてしまった病人のように見える。

僕は――彼女を助けられなかったのか？　どうにもできなかったのか？

……その疑問に対する答えは、今の彼女だ。

僕は支えることも出来なかった。脇役すら失格だ。

脱力した。

もう、どうしたらいいのか僕には分からなかった。

「僕は……」

何か言わなければいけない。しかし、言葉が続かない。思いだけが先行し、言葉として紡がれない。

どうしたら――彼女を救える？

その瞬間。

「何うじうじしてるんだ！」

カーテンが開く。

「色葉？　どうして……」

姿を現したのは色葉と、その後ろには子百合もいた。

「本当、何やってるんだ椿原結月。お前みたいな腑抜けと勝負する気にもならんな」

「ちょ、ちょっと色葉」

色葉の目は真剣で、僕もそれに気圧されてしまう。

「そうよ。私は腑抜けよ、何とでも言いなさい」

投げやりな結月さんの言葉を聞き、色葉は声のボリュームを若干上げた。

「いい加減にしろ！　皆の前でそんな情けない姿をさらしたら許さないぞ」

「どうして……？　私には無理なのよ、もう……」

結月さんは、なおもこちらを向く様子はない。

「はあ……。あのな。津弦がどんな気持ちで椿原のことを庇ったか分かるか？」

「……庇ったって何よ」

そして結月さんはようやくこちらを振り向く。その瞳にはやはり生気がなかったけど、力だけは健在だった。

「話してないのか？　津弦。……どこまでお人好しなんだ」

その呆れ視線を僕はそっぽを向いて受け流した。

「……いいか、椿原。お前がこの一週間、津弦や小無の助けを受けないでやった失敗は全部津弦が庇ってくれた。お前に荷物運びを頼み、そのせいでお前が手首に怪我を負ったことにしたんだ。だから私に負けたことも含めて全部心配しなくていい」

結月さんは息が止まったように目を見開いて、僕を見つめる。

「なんで、そんなこと……」

「分からないのか？　本当に？」

結月さんは呆然とするばかりで何か答えようとする様子はない。それを見て色葉は「これだから……」とぶつぶつ言った後、やれやれといった感じで口を開いた。

「椿原にそれだけ人をひきつける力があるからだろ？　椿原を見て皆が応援したくなるからこそ、お前は強いんだ。悔しいけど、お前にそれでは勝ててない。どんなに料理で勝ってもバスケで勝っても津弦は私には振り向いてくれない。恵まれてるのにどうして気付かないんだ！」

色葉は結月さんの肩を掴む。

結月さんは目線をさまよわせ、混乱しているようだった。

「わ、私は……」

「結月ちゃん」

口ごもる結月さんに声をかけたのは子百合だった。

「完璧な、結月ちゃんが、好きなわけ、じゃない。結月ちゃん、だから、好きなの」

きっと子百合の頭の中には今、結月さんに助けられた思い出がたくさん蘇っているのだろう。完璧、それは結月さんの付属品にしか過ぎない。それを子百合はちゃんと分かっている。

完全彼女は、その完璧すらも内包しているのだから。

「……僕がリーダーをやっていた時は、誰もついてきてくれなかった。だけど結月さんは違う。応援する仲間がいるんだよ。それは弱さなんかじゃない。頼れる仲間がいるってことは、強さなんだよ。だから僕らを安心して頼ってほしい」

僕の気持ち、子百合の気持ち、色葉の気持ち、それぞれを結月さんにぶつける。本来、僕らの気持ちはばらばらだったのかもしれない。だけど、結月さんに元通りになってほしいという願いは共通していた。

「…………………」

長い沈黙。

僕らも、もうどうすることもできない。後は結月さんが気持ちを受け取ってくれるかどうかだから。

「……ちゃんと、手伝ってくれるの？」

ぼそり、とほとんど唇を動かさないで結月さんから声が発せられる。

「もちろん」

「……全然、完璧じゃなくても………いいの？」

「そうだよ」

そして彼女は顔を上げる。

にっこり、と。

椿原結月の安心したような笑顔を見るのは、これが初めてだった。

「分かったわ。……手伝いを、お願いする」

その言葉を聞いて、僕と子百合は目を合わせる。色葉は口角を上げて微笑んでいた。


帰り道。人気のない平坦な道路。左側には住宅が並んでいて、右には畑が広がっている。

一段落した後の帰り道、僕らは四人で帰っていた。和久は残念ながらバイトで早く帰ってしまったらしい。

この街も、こうやって穏やかな心で見るとしみじみする。

「あれはそもそも私が使うものでだな……」

「だから、私は業務の時に借りるだけと言っているでしょう?」

「その時に私が使えなくなるだろう」

二人は先ほどから言い争っている。何の話をしているのだろうか。

そんなに酷使される道具が少しかわいそうになった。

「だから、日陰井くんを二十四時間拘束するなんて言ってないじゃないの」

……いやあ、夕陽が綺麗だなあ！

僕が現実に打ちひしがれていると、隣の子百合が話しかけてくる。

「津弦くん、何、見てるの？」

「ん？　今は夕陽で照り映えてる子百合の鎖骨だよ」

僕がそう言うと、胸元を両手で隠すようにする。

「……えっち」

「鎖骨がえっちだとは子百合も分かってきたな」

「はぁ……」

子百合の小さな口から小さなため息がこぼれた。最近ツン気味だな。これから結月さんと色葉にこき使われる日々が続くのだ。子百合にゆっくりセクハラできる今のうちにたくさんしておかないと。

子百合は前方を歩く二人を見つめている。

「津弦くん」

「何？」

「あり、がと。結月ちゃん、元気に、なった」

元気に、か。

「恐らく荷物運びとか資料のチェックとかの仕事になると思うわ」

「思うってなんだ。なんだかんだ言ってずっと拘束しておくつもりだろ」

「……別にあなたにも小無さんにも頼るんだからいいでしょう？　別に日陰井くんだけ特別に何かさせるわけじゃないわよ」

確かに色葉と言い争う結月さんはハツラツとしている。これって、素直に喜んでいいことなのか……。仲良くしてほしい。

しばらく歩いてT字路に到着すると、

「それじゃあ、また明日な。津弦の件、よく考えといてくれ」

「また、明日」

色葉と子百合は左へと曲がって行った。僕と結月さんの家は右である。

僕と結月さんはそれぞれ二人に挨拶をし、別れた。

——で。

ここから先は僕ら二人なわけなのだけど。

「……」

なんて話しかけたらいいのかいまいち分からなかった。

立ち直ったばかりだし、変なことを言ったら「やっぱり手伝いなんて受け入れない」なんて言われてしまいそうで。

結月さんは僕がそんな気まずさを胸の内に秘めているのにまるで気が付かない様子で歩いている。

こうやって見る横顔もやっぱり凛々しい。

「……？」

僕の視線に気が付き、彼女は僕にクエスチョンマークを投げかけてくる。

「あ、いや、別になんでもないんだ」

「そう」

彼女は再び前を向いて歩き始めた。

そして、それから数秒して、

「日陰井くん」

「何？」

夕陽で染まった彼女はまるで赤面したようで可愛らしい。

ドキリ、と心臓が高鳴った。

これは――この空気は、まさか。

「何だか一色さんは勘違いしていたみたいだけど、別にあなたに特別何かさせようなんて考えていないから。安心して」

はい。ですよね、分かってました！

「三人にそれぞれ助けてもらうわ。困った時に、少しだけ」

「あんまり気負わなくていいんだよ？　もっと普通に、大変だな、と思うようなことを分担してくれればいいんだ」

「……そう簡単そうに言うけど、今まであまりそういう経験がないから……全部自分でやらないと不安なのよね」

彼女は難しそうに眉をひそめていたが、やがて何か別のことを思い付いたようだった。

「――あ、そういえば」

足を止め、こちらを向く。つい僕も歩みを止めて彼女に向き直る。

「どうしたの？」

「…………………」

沈黙が長い。そして結月さんがそわそわしている。

……なんだ？　これは、今度こそ、なのか？

「……え、何？」

僕はもう一度尋ねてみる。

「その、ね」

「うん」

「大したことじゃないんだけど」

僕は彼女を観察する。

ほのかに頬が染まっていた。夕陽のせいではない。紅潮しているのだ。そしてタジタジと視線を落とす。

いや、間違いない。

これは、今度こそ――

「…………………ゲーセンに行きたいの」

鯨泉（げいせん）とは。

日本海側の海水浴場発祥の地である新潟県柏崎市で発売されているご当地サイダーである。海というキーワードの通り、ちょっぴり「潮」味が効いていて、なんとココナッツの香りまでするらしい。新潟県の海と聞いて誰もココナッツを思い浮かべない意外性がみそ。

実はゲイセンには「好き」って意味があったりしないかな！

「……それで？」

僕が現実逃避を終えて、ため息混じりに問うと、彼女は不安そうに上目遣いをする。

「一緒に、来てほしい……んだけど」

を帯びる。


「もちろん、いいよ」

一緒に来てほしいと言うことに、彼女の場合、大変な覚悟が必要なのだ。人にお願いする、それは彼女にとって特別な意味を帯びる。


僕が連れてこられゲームセンターは、以前彼女がアマちゃんを取るために悪戦苦闘していた場所だった。

「これ」

「これ？」

そして彼女が指さした先には――あの時のアマちゃんがあった。大きくて、やたらリアルなカエルのぬいぐるみ。

「こ、これ……」

結月さんはまるで恥ずかしいものを見るように、ちらちらと視線を移しながらひっそりと指さしていた。

「取って、ほしいのよ」

頬を朱に染めている。蒼白な肌に際立って美しい。僕は、笑顔で頷く。

「いいよ。……そうだね、この感じじゃ一回で取れるかも」

「ホントっ？」

両手を胸の前で合わせて乗り出してくる彼女はテンションが高くて、いつもの結月さんのイメージには合致しなかった。可愛いからいいんですよ、ええ。

「多分ね、見ててよ」

僕は二百円を投入する。大きなぬいぐるみはワンプレイ二百円もする。

よく見定めてからクレーンを動かす。よし、順調だ。ひっかけやすい向きと位置に丁度ある。せっかくの結月さんの願いなんだし、一発で取ってかっこいいところを見せたい。

「おぉ……」

クレーンがアマちゃんにめり込む。そして最下点で数秒止まってから閉じて引き上げる。

よし、アマちゃんがきちんと引っかかっている。順調だ。

「……あっ」

と、思ったら落ちる。さらに、以前よりも取りにくくなった。

「…………」

「…………」

無言のまま三十分が経過した。

ゲームセンターの時計を見ると一分も経っていなかった。

「その、ごめん」

「いいわよ、私がやってみるから」

結月さんは特に僕を責めるでもなく、自分が二百円を投下してプレイを開始する。

「お、おぉ……!」

さっきの僕のせいで取りにくくなっているはずなのだが、彼女はアームの開く力を上手く使い、一発でアマちゃんをゲットしていた。

ゴトン、と落ちたアマちゃんを、結月さんは屈んで取る。

「……」

わあ、すごい。結月さんってば前はあんなに苦手だったのに、もう一発で取れるほど上達しているんだ。と褒めようと思ったけど、やめた。

「えっと、実はこれで私の用事は済んだのだけど」

僕は非常に情けない気持ちになった。

これではいくらなんでも格好悪過ぎる。惨めだ。どうしようもない。

彼女のためにトラウマに立ち向かいながらも目立った僕ならば、なんでもできると思っていたのだけど、そんなことはないらしい。

　僕は財布を取り出し、なけなしの二百円を投下する。

「何してるの？」

「アマちゃんは、僕から結月さんにプレゼントしたい」

　これが僕の、いわばプライドであった。


　二十分後。

「よ、ようやく取れた……」

　僕は最後の千円札を崩した最初のプレイでようやくアマちゃんを取ることができた。

　結月さんは最初の何プレイかは「もういいから」と僕にやめさせようとしていたが、僕が譲らないことを悟ると、一緒に一喜一憂することになった。

「はい、これ。僕からのプレゼント」

　結月さんは、一体でも大きくて、しかも持ちにくいアマちゃんを二体抱える。

「……でも、二体もあっても困るわ」

「あ、うん。だよね」

　僕は何をやっているのだろう。

「だから――」

　彼女は自分で取った方のアマちゃんを僕に渡す。渡すというか、ずり落とす、という感じだけど。

「こっちの方は私からのプレゼントにするわ」

　そして、にこりと悪戯な笑みを浮かべた。

「え？　……くれるの？」

「そうよ。とは言っても交換してるだけなのだけどね」

「ありがとう！」

好きな人からのプレゼントというのは、こんなにも嬉しいものなのだろうか。家宝にしよう。子孫末代まで継がせよう。

「日陰井くんも、ありがとうね」

「いやいや！　全然！」

うわ、どうしよう。ただの大きなカエルにしか見えてなかったのに今はすごい愛らしく思えるよ。

「……いえ、そうではなくて」

「ん？」

結月さんはゲームセンターから出て、以前のベンチに腰掛ける。アマちゃんはベンチの端に置き、僕に隣に座るように催促した。

僕は結月さんの隣に座り、そして僕もアマちゃんをベンチの端の方へ置く。

前とは違い、僕と彼女の間に障害物はない。

「いろいろとお世話になったでしょう？　小無さんと一色さんにはお礼を言ったのだけど、なかなか日陰井くんとは二人になる時間がなかったから。タイミングがなくて」

彼女は空を仰いでいる。

「──本当、助かったわ」

「別に、いつもの結月さんに比べたら、全然大したことしてないけど」

「でも、助かったの」

「……そっか。どういたしまして」

僕は結月さんを見ていたが、彼女があまりにも空ばかり見つめるので、僕も視線を空に移すことにした。

「これから、よろしくお願いします」

「敬語だなんて、やめてよ」

「私がお願いする方だから」

「うん、じゃあお願いされる」

「……たまに、こうやって寄り道もしましょうね」

「え……？」

彼女はふう、と息を吐き、視線を僕に移す。思いのほか距離が近かったので僕はドキリとした。

「最近、暑くなってきたわよね」

どうやら、さっきの僕の疑問符には答えてもらえないようだ。

「そうだね、初夏って感じだよね」

「それで、暑いと言ったら何かしら」

「なんだろう。……うちわとか、風鈴とか、川とか、山とか？」

「違うわよ。私の手助けをするんだからこれくらいの話の意図は読んでちょうだい」

さっぱり分からなかった。

僕が無言でいると、彼女は続ける。

「さっそくお願いがあると言っているのよ。暑いと言ったら——」


次の日の昼休み。

以前よりおとなしくなった吉岡を中心にした輪（の末端）から僕は炭酸を観察する。

僕が気付いた時にはもう既に、和久が買いに行ってしまった後だった。

今日はペットボトルの三ツ矢サイダーである。

和久は最近、僕が一緒に買いに行かなくても炭酸を選ばなくなっていた。しかし、季節は初夏。炭酸が似合う季節になってきた。

ちらり、と結月さんが僕に目配せする。僕がその視線を受け取ると、彼女はサイダーをさりげなく鞄に仕舞い、子百合と和久に一言かけて教室から出て行った。

小無と目が合う。「早く行って」と大きな瞳でサインを送ってきた。

僕は笑顔で了承し、色葉に視線を移す。彼女は窓の外を見ながら一人で面倒くさそうにジャムパンをかじっていた。もちろん片手では髪の毛をくるくると弄っている。

あのフリースロー勝負以降、数人の男子が声を掛けたりしていたのだが、どれも冷たく突っぱねていたために今では以前のように一人だ。本人によれば「男子の好意を突っぱねるのが夢だった」らしく、ご満悦らしい。

色葉は僕と視線を合わせると、にこりと微笑み、小さく僕に手を振る。僕も太腿の横で小さく振り返すが、何人かの冷たい男子の視線を感じたので即座に中止する。

「ちょっと、トイレ行ってくるよ」

「おーっす、いってらっしゃい」

いつものように吉岡は僕を送り出した。

僕はトイレには向かわず、誰もいない渡り廊下を早足で通過する。そして階段を下り、生徒会準備室の前に到着。

「からっ……」

そこには炭酸にチャレンジしている結月さんの姿があった。

「なんで苦手なのに飲んでるの」

彼女は、今度は驚かないで振り返る。

「苦手なものは克服したいでしょう?」

「別に炭酸苦手だっていいと思うけど。味の好みみたいなものだし」

「それでも、悔しいじゃない」

僕は思い出す。ここで彼女と会ったことを。

あの日と違うのは、夏服になったこと——

「喉にしみる……」

結月さんはもう一口飲んで、苦しむように姿勢をかがめた。

「無理しなくていいのに」

「はい、お願い」

僕は炭酸を受け取る。

そして、僕は水を飲むように勢いよくサイダーを喉に通した。

ごくり、ごくり、と。

僕はそれを得意げに飲み続ける。

今、僕に出来ることはこれくらいだ。

でも、何か彼女のためにできることがある、というだけで嬉しい。それが、直接自分の存在価値に繋がるような気がする。

あれから特に何も問題は起こらない。きっと、もう彼女の危機は訪れないのだろう。

僕は残り少ない炭酸を最後まで一気飲みをする。

そこで思い付いたように結月さんが口を開いた。

「あ、そういえば日陰井くん。実は上級生に目をつけられて、来週の水曜日に水泳勝負をすることになったんだけど」

「ぶっ！　うっ……げほっ」

「日陰井くん、何やっているのよ」

僕は驚いてシンクにサイダーを吐き出す。

「結月さん、なんでそういう大事なことをすぐ言わないの……」

依然として結月さんはすまし顔である。

「忘れていたのよ、そんな些細なこと」

彼女は僕から目を逸らす。

またそんな見え透いた嘘を……。

「分かった。じゃあ今日の放課後、小無と色葉を連れてモスバーガーで作戦会議しようか」

「悪いわね、日陰井くん。奢ってくれるなんて」

「さすがに四人分は……」

「楽しみにしているわ」

「ちょ、ちょっと！」

　結月さんは安堵と悪戯を混ぜ合わせた笑顔を浮かべ、階段を上っていく。

　これからもまだ、彼女の役に立つことができそうだな、と僕は嬉しく思った。

　初夏の日差しは僕を照りつける。ペットボトルの底に残った少量の炭酸が、その光を取り込んで輝いていた。

　そして僕は、これからも完全彼女に関わり続ける。

「………よし」

　呼吸を整えて。

　僕は彼女の姿が見えなくなった階段を意気揚揚と上がって行った。

あとがき

あとがきは何を書いたらいいのだろうとよく作家さんがおっしゃっていますが、まさか僕がそんなことを言うことになるとは思っていませんでした。でも、どんなことを書くも何も、まずは自己紹介でしょう。

初めまして、瀬川コウです。

………あ、えっと。どこまで開示していいのかという問題がありますよね。作家のアイデンティティを公開することによってうんざりしてしまう人もいるようですから。僕も「良い話だなあ」と感動している中、あとがきの所にある作者の顔写真を見て感動が吹っ飛ぶことがあります。僕って最低……。

さて、今作「完全彼女とステルス潜航する僕等」。

初夏、炭酸、高校――そんな青春の雰囲気を纏ったラブコメです。そう、ラブコメなのです。

僕は主にキャラ主導のミステリ系のお話（人が死ぬものから日常の謎ものまで）を書くことが多く、というかそれしか書いたことがなかったのですが、「どんな話が自分に向いているのか書いてみなくちゃ分からない」と、ラブコメ、ファンタジー、学園バトル、ＳＦを書こうという決意を固めました。そうして「ラブコメ」枠として生み出された作品が今作になります。

読者の皆様が少しでもくすりと笑ってくれて、そして出来れば青春特有の